名人堂系列

主编 中岛 甜夏

伤诗止痛稿

张弓惊 ◎ 著

文匯出版社

图书在版编目（ＣＩＰ）数据

伤诗止痛稿 / 张弓惊著. -- 上海 : 文汇出版社,
2018.3
（《名人堂》系列）
ISBN 978-7-5496-2477-5

Ⅰ. ①伤… Ⅱ. ①张… Ⅲ. ①诗集－中国－当代
Ⅳ. ①I227

中国版本图书馆CIP数据核字(2018)第048536号

伤诗止痛稿

主　　编 / 中　岛　甜　夏

著　　者 / 张弓惊
责任编辑 / 熊　勇
特约编辑 / 吴雪琴　于金琳　张雅琪
策　　划 / 任喜霞　索新怡　崔时雨
装帧设计 / 胡晓炜

出版发行 / 文匯出版社
　　　　　 上海市威海路755号
　　　　　 （邮政编码200041）
印刷装订 / 廊坊市蓝海德彩印有限公司
版　　次 / 2018年3月第1版
印　　次 / 2018年3月第1次印刷
开　　本 / 880×1230　1/32
字　　数 / 140千
印　　张 / 9.5

ISBN 978-7-5496-2477-5
定　　价 / 45.00元

· 总序 ·

新诗的变革时代已经到来

中岛

博客中国"2017 中国诗歌助力计划"必将成为中国新诗历史上最具影响力的诗歌事件,诗人《名人堂》系列的宏大,也必将与"中国诗歌助力计划"一道,对中国新诗发展历程产生深远的影响。这是一项前所未有的浩大的中国新诗呈现工程,它的价值在于突破诗歌环境的层层壁垒,让诗歌的"霸权主义",诗人的"墙体主义",诗歌的"老人脸色"不再影响和左右诗坛;诗歌不仅是思想灵魂的载体,也是人格的化身,那些以"霸占"诗歌资源,"一手遮天"道貌岸然的诗歌刽子手的时代已一去不复返了,新诗的旧时代已经过去,新诗的变革时代已经到来!

这是诗歌精神力量所致。

中国诗歌经历了漫长的发展与演变过程。无论是最早的古歌谣还是辉煌鼎盛时代的大唐诗歌,以及现当代的白话诗、口语诗,诗歌的进程都与当时的人文时代环境与变迁有着密不可分的关系,它不仅是中国文明发展历史的重要记录,更是创造与开拓生命与文化价值体系的重要组成部分。

尽管今天在多数人看来,诗歌已经辉煌不再,甚至是不值得一提,

　　但是，如果再过去一百年二百年，诗歌的价值和重要性依然熠熠生辉，就如我们当今孩子们在成长中的教育培养缺不了诗歌一样，你生存与成长的土壤，都无法逃避诗歌对你的熏陶与影响，必不可少的与诗歌进行着"亲密接触"，因为它必定在潜移默化的为你和社会提供着一种精神和语言创新的帮助，它丰富语言体系的功能与生俱来，它承载与创造的精神生命永不停止。

　　从文言文到白话文的演变，是中国文化的一次非常重要的历史性变革，它几乎影响了昨天、今天和未来所有的中国人，影响着世界文明的进程。

　　每个时代的文化变革，诗歌的作用举足轻重，都起了领航的关键作用。中国现当代诗歌的发展是伴随着中国人文精神觉醒开始的，它可以说是中国五四运动的号角，是开启中国新时代的钥匙。这样的颠覆性的文字与精神"革命"，其价值是不言而喻的，而这样变革的领导者必定缺不了诗歌这样一种表达形式。

　　诗歌的意义更在于是推动人类文明进步的力量。

　　从1917年2月开始，中国的诗歌在改变着中国人的文化推动方式，其发生与发展影响至今，从胡适在《新青年》发表了《白话诗八首》开始，中国现当代诗歌就进入了一种全新的时代，中国的文化也进入了全新的时代，这是一个标志性的时代，而这一开始就注定改变中国和中国人的命运。

　　中国诗歌的作用如此巨大，它将继续这样的力量与光荣。

　　2016年是中国现当代诗歌发展100周年，我们将用一颗敬畏之心打开这一百年的诗歌光景，阅读和朗诵这些伟大而不朽的诗人，这是一种心灵的慰藉和世纪的对话。

　　胡适、鲁迅、艾青、郭沫若、食指、北岛等这些在中国现当代文学史上熠熠生辉的名字，他们的诗歌和文字一直在影响着这个时代，或许将会一直影响下去。

他们创造的生命之诗、心灵之诗，更是一个民族人文发展的伟大结晶，历史也将永远记住他们这些永不褪色的生命诗歌。

当今时代是一个能够创造出伟大的诗和诗人的时代，尽管更多人认为诗歌已进入没落期，诗人已经顾影自怜了，但实际上所有人都正在诗歌的土壤里活着，被诗歌包裹着，呵护着；这些人我想也只是从社会的表面理解诗歌，没有看到更深层次的诗歌影响力，没有看到浮躁背后那股甘甜一样的诗歌生命，正在努力的与阳光一道，为我们的生命与人类的文明提供着精神的养分。

诗歌永远是不声不响的成为五千年来中国人的生命与创新的力量，成为人类世界不折不扣的精神灵魂。

这些年，一直在不停写诗的诗人，越来越多，这样的持续性实际上非常艰苦，却依然留住了越来越多热爱诗歌写作的人，这是诗歌之外的人所无法理解的，也是不能理解的。尽管诗歌写作的方式方法不尽相同，其内心却有着同一个信念，那就是把诗歌植入自己的生命中，让诗歌成为自己内心的一处湖泊或者一条河流，用圣徒的心来推进人文的精神化与生命的智慧化。

现在的诗人已经不像过去年代官府诗人那样，有生存的保障，甚至待遇非常高；也不是因为写诗歌可以堂而皇之地成为国家高级干部，有无比大的房子，有专用小汽车。

现在的诗人平头"百姓"居多，也没有任何福利待遇可言，如果仅仅写诗歌，一定会饿死，但是，这些诗人不怕，他们喜欢，有的不会因为贫穷而放弃写诗，也有极少数的诗人，成了百万千万富翁，但他们没有因为富有而放弃诗歌的写作，他们更懂得孰轻孰重，懂得人的生命所应该承担的那份使命与责任，这一群人有的一写就是几十年，不管春夏秋冬，不管有没有人关注，不管影响如何，不管外面的世界对诗歌多么的傲慢无视，他们依然坚持，依然诗兴喷涌，散发着独立自觉的诗歌艺术之光。这些诗人的伟大之处就在于他们非常懂得推进人类文明不是一个人的事情，人类的进步一定和诗歌有关。

正因为这些诗人的坚持，使诗歌的状态越来越具有教堂氛围，空旷、无边、宁静、干净。

这是诗歌的胜利。

诗歌是什么？我个人认为，诗歌是人类"高处"的灵魂，是生命无法抑制的绽放。诗歌可以通过一种"空气"净化的方式来影响成长者的精神与内心世界。

那些在写诗的同时，还在不停地为诗歌的发展作出努力的奔忙的诗人们，就更具有诗歌圣徒的境界与精神。

他们让诗歌充满了温暖与大爱。

博客中国"2017中国诗歌助力计划"《名人堂》系列诗集的出版也必将改变中国传统的诗歌出版模式，让沉寂在民间的优秀诗人获得公正的出版自己诗歌作品的机会，在他们中间一定会诞生伟大的诗人。

没有诗歌的时代是愚钝的时代。我很庆幸自己生活在一个欣欣向荣的诗歌时代。那些冲破生命阻力的诗人，那些句句划开时代症结的"匕首"之诗歌，是跳动的灵魂之火焰，正在以它充沛的精神，给予我们最精彩的时光，那是生命中最经典的日子。

人生伤痕累累，幸亏有诗止痛

——题记

　　当人到中年的我，按照时间顺序整理近 30 年里留下来的一千多首诗稿的时候，我竟然感觉后背直冒凉气：人生苦短，幸亏我在写诗；更幸亏的是，我写的这些诗稿还在……

　　回首逝去的岁月，是这些诗陪我熬过凄风苦雨，或者兴高采烈。这些诗歌，大多数没有公开发表过，甚至除我之外的第二个人都没有看过。虽然，我现在不能很肯定的说：如果没有这些诗，我的人生将会有多大的变化；但是，我可以肯定的说：如果这些诗稿竟然没有留下来，我的前半生，将一定会惨淡得几乎一穷二白。

　　日记只能留下一件件硬邦邦的事情。照片只能留下一个个短暂的瞬间。摄像（在我的青春里，摄像是很晚才有的事情）也只能留下一些轻飘的浮光掠影。唯有诗歌，能够留下一些清晰的回忆，准确而又真实。那是生命中刻骨铭心的东西，也是生命中根本的东西。谁的生命，不是这些喜怒哀乐的积累？唯一能够记录这些的，只有诗歌。

　　从一千多首诗歌中选出百八十首，也是一件不容易的事情。我意识到，这不仅仅是我自己的人生，而是我们这一代人的人生。改革开放初成长起来的这一代人的人生。

　　当我这样想的时候，我知道了我出版这部诗集的意义所在。我也知道了您阅读这部诗集的意义所在。从穷困到奋斗，我们一直在混乱中寻求秩序，在夹缝中寻求生存……

· 友序 ·

以诗修行

秦巴子

诗大概是一个人从青年时期开始的众多梦想中有可能能够持续一生的一个梦，这个梦甚至可以抵达完全无功利的境界，从而变成一种独属于个人的隐秘的生命修行。我说的隐秘是指那些并未以诗人著称于世的诗写者，诗于他们可能不止于生命修行，也许已经近乎宗教，而这恰是诗境之一种。我的阅读始终朝向诗的多样性敞开，而对以诗作为生命修行者却怀有更多的敬意，因为这样的修行者是把初心带到至境的人，最初的冲动因子已经化入周流全身的血液，这样的生命大概就是所谓诗意的栖居吧。

非著名诗人张弓惊应该属于这样的修行者。

弓惊在微信里跟我说，他准备把自己这些年的诗结集出版了，想请我写点文字。这是这个夏天里令我感到吃惊的一件事情——也许是活到这个年纪，能让我吃惊的事情已经不多了？我知道弓惊少年时代就开始写诗。和许多少年人一样，那个阶段他很可能梦想以后做个诗人；我也知道他短暂的做过一段时间老师，之后，绝对大部分时间他是个报人，做记者、做编辑、做主任、做到社长总编，在业界算得上是个人物；近些年又在做投资、做戏剧、做讲坛主持，唯独没有做过诗人。我知道这个世界上很多少年人的诗人梦都终止于职业的选择或者生计的无奈，只有极少数没有做成诗人的写作者会持续一生地带着诗歌前行，最终把诗变成了一种生命修行。吃惊之余我也非常好奇，弓惊这些年的诗都写了些什么，我说你把诗稿发给我看看，让我找找感觉才好下笔。收到邮件，他又惊了我一下，他竟然写了这么多！一千多首，创作量远远超过了许多诗坛中混得风生水起的诗人，而他也确实不在所谓的诗坛里混事。写诗而不在诗坛里混，在我看来是个大好的状态，我立即就想到了写小说而不混小说界的"文坛外高手"王小波，还有同样也写小说也不混文坛的大连人谈波，这大致能够说明，其实，文坛与作文原本并没有本质联系，只是一些表面联系，似乎也没有必然联系，只是一些偶然联系，总之作文与文坛可以没有联系，写诗与诗坛也可以没有关系。弓惊三十多年在诗坛之外写着自己的诗，做自己的业余诗人——或者他竟然也不愿意称自己为诗人呢？虽然是多年的朋友，但我和弓惊见面的时候并不多，所以我竟然不知他一直都在写，而且写的如此之多，真是令人吃惊。一个不做诗人却一直在写诗的人，他的写作已经超越了某种世俗的东西，或者还可以更进一步，是他个人已经超越了某种世俗而进入了我称之为把诗写当修行的境界。这才是真正令我感到吃惊的，同时也是令我尊敬的。

收入这个集子的只是弓惊诗作的一小部分，或许有许多诗不便也不宜也是作者不愿公开出来示人的，这也是一个以诗修行的人与诗坛写作者之间的重要区别。为发表的写作和为生命的写作、为诗坛的写作和为诗的写作，把诗写者分成不同的人群，甚至最终是把人分开成了不同的人群吧，我更相信把诗与个人生命联系在一起的人。看着弓惊这些写于不同年龄不同年代的诗，从中能够感受到一个人的修行是如何从青春来到中年的，诗情与诗句的变化背后，是生命成熟度与思想的开合度。一个人的诗提供了他修行的道路，我喜欢这种携带着真实的个人生命过程一路行来的阅读感觉，诗的历程和生命的历程在这里构成一种可感可触的景观，它是迷人的，正如每一个生命本身。

秦巴子，诗人、作家。出版有诗集《立体交叉》《理智之年》《纪念》，散文随笔集《时尚杂志》《西北偏东》《我们热爱女明星》，文化随笔及批评集《有话不必好好说》，小说集《塑料子弹》，长篇小说《身体课》（入围第八届茅盾文学奖），合著有《时尚杀手》《十作家批判书》《十诗人批判书》等。主编《被遗忘的经典小说》（三卷本）、《百姓故事丛书》等多种图书。

· 自序 ·

直面愁苦

我不禁止我口；我灵愁苦，要发出言语；我心苦恼，要吐露衷情。

《约伯记7：11》

狂妄和自卑交织的潮汐呼啸而来的时候总是有什么东西推波助澜或者落井下石，使我的人生时而慷慨激昂意气风发时而又悔恨交加愁不堪言。"生命是一场病，病得最重的是诗人。"我曾如是说。

我知道我不应该去寻思做什么诗人，我应该先寻思去做一个健康向上的人，一个响当当的汉子。可是在这个时候我心里却总有那么多的话要说而且不能把它们写成散文更不能写成小说，只能写成诗。每每当我青春在切入肌肤的无可奈何中将要跌入忧郁的深渊中时，总是诗挽救了我。诗从某种程度上已成了我生命的一部分，我可以不是诗人，可我这一生一世不能没有诗。

"属天的灵魂欲飞。诗就是这种欲飞的灵魂在向上攀缘时扬起的一粒粒黄沙或幼翅凌风时飘落的一片片羽毛。"在一首诗的后记里我曾这样写道。然而我并不想把诗单纯看作是精神郁闷时的一种发泄方式或春风得意时的一曲即兴抒情。诗应该是一种力量，一种深藏在人的内心深处的力量。倾听着诗的召唤，循着诗所指出的道路，我奋不顾身地投入了黑野；倾听着诗的召唤，循着诗所指出的道路，我必将又生龙活虎地跃出黑野。

人生，这便是仅仅属于我的，在这个世界上独一无二的人生。既然这一切都是我所必须经历的，我不能逃避而只能直面，那么让我不妨作暴风雨前海燕的一声呐喊："让暴风雨来得更猛烈些吧！"

"诗人在说他自己的时候，他实际上也在说整个世界。"我相信这样的话，因为我本身便是世界的一部分，我的真实便是世界的真实，我想。

目 录

第一卷：活着

第二卷：北方

第三卷：落雪

第四卷：春天

第五卷：太阳

第六卷：困兽

第七卷：蛙鼓

第八卷：骆驼

第九卷：国王

评论

后记

第一卷

艺术家

想想真不好意思，还没出生
就想象：该怎么逃回去

如果我来时带的并不多
我得拼命获取么？要不然
我凭什么对这世界说话

有一群狗，有一只狗疲惫
不堪。想想：没有多少惊险
或者残酷
只有一些或大或小的灰尘
在眼睛里留下弹孔

谁说：谁拿什么炫耀
或者证明

一千颗脑袋里面，我不是
很有贮藏的那种

可以让一个曲折复杂的回忆
喂养一生

也只有黄昏的阳光
才能刺穿幻想的高贵
以及玻璃，在许多
水和沙子里面
我不是掺了水泥的那种

谁说：谁拿什么反对
或者支持

也只有摊开那本《格林童话》
才开始经历
想想面对母亲，该不该惭愧

忘记

突然才明白
很多事情
说出来或者写出来
比真的去做
困难很多

比如记忆

魔是一条鱼，蛰于
心的海底

警惕呵，什么是
诱饵

谁怒且圆睁，以手
拭刃

忘记。逃出剧情

让艺术流泪
困难，可是必须

这最后的安慰

无题

不，语言不是非有不可，绝对不。
迫不得已时抓住的一根
救命稻草，随时都准备着放弃，
上岸。我不是为了语言
才忍受；不是为了忍受才生

让童话逼退诗歌吧；逼退忧郁
苦难的鳞甲已把我的心
包藏得太深。清楚
打碎重建的艰难
清楚死，或者生的全部过程

在这个世界上，最珍爱我的
除过我，还会有谁?
我爱你
所以我斩断所有与你的恩恩怨怨。心，
一切都输掉了
你没有；一切都脏，你干净

语言，你得学会原谅

放弃绝不是背叛，我知道
我也不是非活着不可

你（二首）

你大地样的

你大地样的，伸开手掌
伸开无边的爱
早知道，我是你如网的纹路上
小小的一点。逃
总走在你心里

别在乎我哭

别在乎我哭。别在乎
有时候，太多的爱
和太多的不爱一样
会使经过太多伤害的
黄叶一样脆弱的心
颤抖。别在乎

真的别在乎。落就让它落吧
死在无边的幸福里

镜子

你把另一个我
指给我看

走破这堵透明的墙
用整整一生
够不够

你说，那是玻璃
碎了是刀

乡村写意

春天深入
一切都变成了彩色
灰暗的
只有夜晚

夏天来了
一切都慵慵懒懒
勤劳的
只有树梢的蝉

到了秋天
一切都心满意足
怅然若失的
只有南来北往的风

进入冬天
一切都沉寂起来
敲响的
只有锅边

思想一班学生

我无法说：我不爱你们。
是一群鸟儿，叽叽喳喳的鸟儿
让我做养鸟人却不行
只能是树。我
给你们林子；你们给我
歌声，纯洁，以及鲜活的生命
我们各取所需。然后
你们，渐渐成熟；我
却永远年轻着老去……
也许，我该说：爱你们
就是，爱我自己。

落叶敲打城市的夜

树木，这些大自然的囚徒，你们被流放
困在城市的中心，却还没有忘记秋天
你们用你们执着的叶子，敲打着城市的夜
敲打着这夜里每一颗和你们一样的
孤寂而又不安的灵魂……
大森林，你们远方的家园，会听得到吗

爱人

我知道你每一根白发的历史
我知道你每一道皱纹的走势

当岁月，黄叶样地在我们脚下堆积起来……
呵，爱人啊，我们是两棵
深秋里并排站着的树

我知道你每一圈笑容的典故
我知道你每一个眼神的秘密

战争

这枚月亮

今晚要去某个地方

那里炮火连天

浓烟将熏黑

你的皮肤

导弹会擦伤

你的脸颊

满地脓疮般

逐渐洇开的废墟

以及积聚在

废墟周围

乌云样越来越厚

的仇恨

会伤你的心

这枚月亮

今晚要去某个地方

一定要去啊

炮火下面

废墟里面

应该总会有

几双眼睛

像我这样望着你

饥饿的

当你是饼干

想家的

当你是故乡

这枚月亮

今晚要去某个地方

哪怕被

某个精确制导

炸弹锁定

你几万年的玉盘

你几万年的

饱览沧桑

办公室

电话打不通时
肯定有人在
电话终于打通了
人都出去了

自从无纸化办公
用纸量成倍增长

要再快一些
干更多的活吗
唯一有效的方法
是大面积裁员

提笔写字的时候
我们尊重语言
现在宽带上网了
废话塞满

虚拟的空间

女儿说（三首）

布什

我问：

赵本山是干什么的呀？

女儿说：

演小品的呀

这谁都知道。

就又问：

葛优是干什么的呀？

——演电影的呗

女儿不假思索

唉，真拿这些演员

没有办法。

我再问：那么，你说

布什是干什么的呀？

演，演……
演新闻的呀

女儿提高了声调
十足自信。
显然，她为自己对答
如流而洋洋得意

故 事

女儿要给我讲故事
她这样说：

一张椅子
从来不让人坐

后来
一不小心没拦住

有个人坐上去
给坐垮了

椅子很生气
自己把自己
扔进垃圾堆

——她的故事
很完整。有生活气息

婚纱照

邻居小红
刚取回自己的婚纱照
老婆一张张欣赏
并且赞不绝口
女儿在旁边看
有点皱着眉头

妞妞，你看这些照片

照的都是谁呀？
小红有点不甘心
想逗女儿夸奖几句

女儿头都没抬
继续若有所思：
阿姨的这些照片
怎么漂亮得——

漂亮得跟别人一样？

就这样一句话
说得小红的脸一阵红
一阵白

黄山

亿万年以前
地球在这里骨折
幸亏有松树
为地球疗伤
毛竹遮住了大部
还有部分裸露
被称为风景

猴子、乌龟
或者其他
自以为是的想象
改变不了
石头的本质

热的血形成温泉
云形成海
游人成为虱子
地球啊

你应该感觉到痒
奇痒难忍啊

再来点苔藓吧
我喜欢绿色

第二卷

北方

故乡月

小时候

奶奶讲给我

一个关于故乡月的故事

很久很久以前

故乡月三十天就是一年

每天每天

故乡月都辛勤的劳作

蓝天是她的土地

星星是她的种子

可是，每年每年

只有年中，只有收获的季节

故乡月才能吃饱肚皮

其他时间

只得饿着肚子

弓着腰

在自己蓝蓝的土地上

来回地耕作，耕作

有几日，实在饿得慌了

就只好，躲在云层里

偷偷地哭……

黄昏

还没到晚上

而北方的母亲

早已用慈爱

将北方特有的火炕

烧的烙烙的啦

烙烙的火炕暖热了

天边的云

母亲便把这云撕下来

当作了褥子

然后，倚在天边

用饱经风霜的浑浊的目光

站成了一景

召唤

而冬天的风

此时正撕扯着她的

缕缕银发

成　一片片离离原上

枯草的哗响……

中午

太阳风风火火在窗外越权
制造威严
除过玻璃一切透明

心儿急急躁躁坐在白房子里
幻想飞翔
除过眼睛一切透明

风儿知道光有透明远远不够
于是躲在暗处使劲
生长墨绿

除过空气一切透明

夜雨

夜用浓黑的黏液肆掠
树和房子都无法美丽

乌云与月光同时摇旗呐喊
隆隆战鼓被阵阵闪电塞哑
玻璃窗户惊慌失措
很多噩梦乘机逃亡

最后这一切全被雨抹去
该装模作样还装模作样

剪辑情绪

汽车行人在另一个世界里
为何总是要背负潇潇的雨

陆放翁的快阁远在云里
徐悲鸿八匹马也追不上

桥如虹是在一本书里说的
却被心看成一条绳索
缚住两岸缚住狂妄和浑浊
浓浓的绿也被固定

齐白石几只很瘦弱的虾
在关汉卿悲剧里游啊游

很多道理都是后羿的箭啊
只能把它们不断射向太阳

太阳的一生

胸膛里
装满热血的时候
最容易让自己跌倒

乌云于是指挥雨滴
乘机缝一万张网
拦住去路

一群群丹顶鹤低下头颅
长颈鹿们纷纷咔嚓断颈

烧酒在愁肠里愤怒成潮

河水涨一摊粉红的烂泥
人鱼们躺在上面
将腮晾成木头

以后的潮水是怎样冷静的

当你磕磕绊绊爬上西山
蓦然回首
悲愤成一匹嘶鸣的战马

有几处怪兽手执麦克风
幽灵般张开伤口咯血

你双脚跺成一团火烧云
伸出手将彩虹挥成镰刀

太钝的刀口割不完丑陋

狠命的一呼你悔恨成一抹
黑橄榄
用尽全身力气瞧你青筋暴露

青筋就是那弯新月

无题

头颅想做的事
都要吩咐给手和脚
做了没有
只有眼睛知道

一只刚学步的幼鹿
悔恨自己不会噔
噔噔跑成
一股风
就在他悔恨时
路就变成一条蛇
绕住了他的脚

头颅每天都要
被砍掉数次
眼睛只好被迫出走
手足无措

风儿匆匆走过了
绿叶是她的脚印
但不想在秋天里
她又一片片
把她的脚印儿

捡走了

战争与和平

一对夫妻
那天晚上熄了灯

妻子感觉到冷
就去拉被子
丈夫感觉到冷了
就去拉被子

并且使劲地拉
并且一个往一个身
上抹浆糊
争执之中，镜子破了
被子被撕成碎片
儿子在当中哭

有朝一日明白了
他们那晚
睡的是单人床

托尔斯泰于是出来
捋着长胡须再写一部
战争与和平

葬礼

白色并不透明
唢呐声代替不了悲哀
一行花花绿绿的幡
蹒跚在泥泞的雾里

用不着急什么
墓穴早已洞开
等待着那漆得红红绿绿的东西
但绝不会是种子

怎么会想到种子呢
该发芽的结果的
早该发了芽结了果

他会安息么

附注：
红红绿绿的东西：指棺材。关中地区的棺材，总会被油
漆得很漂亮。

日出

那位羞羞怯怯的盛装女子
终于亭亭地从那红幕背后
飘出了

一弘泉水清清亮亮
自东方而来
音乐，我听到了叮叮咚咚
是琴　是瑟　是萧史的
那根玉管

这时候，活着的只有灵魂
其他的一切都拖泥带水

不要等一切都醒来
你最好现在就倒身便拜

逐日（组诗）

序曲

在你走的时候
我竟没有发现
你的步点这么密集

你走过了
你的脚印亮成星星
可这时我的眼前
已没有了路

哦哦又一次思想的劫难
侵我心之官

逐日

你叫夸父
你该叫华夏之父
姜尚正襟危坐封神台
是否封了你

是的是该封你为日神
从远古洪荒到远古洪荒
你一直在跑

风原本不动
有了你才疯长片片森林
路原本没有
有了你才最终通向太阳

最后天旋地转了
最后太阳颤栗了
可你想喊
所有的辞藻又都晦涩

最后雷电悲泣过

最后太阳伤感过

最后一场大雨

漫过了一切

最后人类发疯了

只有几只杜鹃清醒着

在赤铜色的黄昏里

啼血

可太阳曾在你胸中

染一颗猩红呢

劝劝人类

打点行装上路吧

不过要多带点

冰激凌

秋思

我的思想如同秋天的树叶

纷纷落下成雪

能结果的都结果了

我不能结果只能落我的叶子

呵呵亲爱的莫再辜负我的期望

来吧到我的脚下来

来将这一片片惭愧和忧愤

捡起来吧

夹到你那本还没看完的书页里去

夹到你那册老不拿出去发表的

诗集里去

夹到你那封还没来得及寄出的信笺里去

告诉你远方的朋友

说我虽然不是红叶不能燃烧成秋的旗帜

说我虽不是果子但也已经成熟

说我落在地上

也许会化作一块石子被精卫鸟衔走

或者化作一团洁净的泥土

来年的春燕将衔我去

做巢呢

秋天

秋天印在我的心底
入木三分
洗也洗不掉了

阳光被我感动
而我却最终
被凌厉的风感动

昨夜，那一幕
至今搅扰你的思绪
远方的山
都是断层

剥掉那华丽的语言
该如何
剥掉蒲松龄的画皮
该如何

视线被锻打成双轨
我让我沉重的幻想
在上面奔驰
该如何

秋之将至
冬之将至

四顾

想摘月亮你尽管去吧
巴尔扎克说。

可在这莽莽苍苍的野外
画幻想的色彩
全被秋天虏走

渭水流向那一抹青云
我能听得见
它进入大海的声音

蕴刚强于远方那山
像黄叶
悄悄滑入冬季么

太阳圆得惨

四顾。我是一摊血
早已凝结

书房幻觉

王羲之豢养的龙蛇
爬满白色的外墙
龚自珍风尘仆仆一路而来
呼唤
龙蛇不动

齐白石的虾真透明
徐悲鸿的马真聪明
那一位纤纤
若新月初上的女子
可是西施

行云流水是窗外的事
仓颉像星星
落落大方排列有致
并且各自忧心忡忡
想各自的心事

秀才不出门

并且嘻嘻哈哈地干了不少事

（有些太不负责任了）

如今却风干了

膻腥地夹在某本书里

李甲急出了眼泪

灵魂在天上

那么唤屈原来

唤李白来

无端的时候

身上老长出花花绿绿的羽毛

并且有一片化成利剑

这太可怕

并且又有一桩不负责任的故事

上演成悲剧

小保姆

海涅说：我是剑
我是火焰

姜子牙要封神
说他曾把石头跪软

哦，这灯光
这夜的眼……

诸葛孔明说：气数已尽

巴金来信了
说你们不是羔羊
……下面，
再写什么句子呢

呀，你听
相对论又哭了

《古风》之二

青色的天
白色的日
人之初
也是一张白纸么

遥远的鹰
像树叶
向左翻
向右翻
向前翻
向后翻
叫声凄凄惨惨
或者淋漓尽致
枝枝丫丫
像　铮铮响的
个性
百折不挠临危不惧
青色的火焰

燃烧成青色的云

不需要背景
干将莫邪的头颅
被陌生人装进口袋
风尘仆仆东向驰去
啊　啊

唯有一株青黑色的
柱子
屹立不动

白日在动
青云在动
只是没有风

第三卷

落雪

潇洒

（一）

燕山雪花大如席

哈哈

漫天银蛇狂舞的时候

扑闪闪的眼睛里

总会走出那个人

那个或哭或笑或低吟长啸

的诗人

踱步在茫茫的

白雾里

（二）

真的，雪花

让我该怎样临摹你呢

横着飞

竖着飞

　或者向前

　或者向后

一会儿沸沸扬扬

一会儿稀稀疏疏

像一曲

低回悠宛如凄如诉

的板胡曲

或者竹笛

（三）

雪停的时候

天地真白

白得像一座医院

雪停的时候

天地真静

静得像一座医院

偶尔，有几只麻雀

活鲜鲜的

叽叽

打破这气氛

是婴儿出世的

第一声啼哭吧

响亮亮的

有太阳

破壳而出

冬之阳

太阳，你将照亮
我所有因冬的到来而阴郁了好久的房间吗

你之光
你之根
你之枯树枝状的
你之母亲的手
在寻找在寻找我曾经失落在这大地之上的
那一片结冰的痴情
那一片冻结的希望
那一株落光了叶子的
激情吗

山有残雪
田野
像一位刚被包扎好的伤员
静静地仰卧着
胸脯里一颗英雄的心

正酝酿着
一首歌

将用你的音符
用你这鹅黄的嗓子唱出的音符
唱给这夐远夐远的天
这夐远夐远的地

太阳，你听懂了吗
听懂了我心的旷野
连同这身外的地
给予你的回声吗

我知道会有千百万幢房子都一齐打开门扉
虽然外面的世界
还很冷
还很严肃

那天：死的感觉

（一生一世认定自己是天才
可是快一百岁了
明日死期如约前来
却还是畏畏缩缩
徘徊在某扇大门的外面）

那天的阴云是碧绿的
满山的灌木刺是魔鬼的手
月亮黑成眼睛
太阳紫成葡萄

（其实所有的人也不必都哭
死去何所道
托体同山阿）

那天小草燃烧成雷电
那天枯树徘徊成诗人
所有的风和雨都不该悲吟

低啸
所有的鹰或者鸽子都不必
翻飞成黑色的雪

（真的生存过没有只有自己知道
欢乐或者悲惨早已被岁月收藏
历史是个什么东西
灵魂从来不渴望涅槃
自古最动听的音乐只是脚步）

敦煌飞天
红楼仕女
还是去轻轻松松地
如痴如醉吧

（不必担心，死向来是一声门哨
是一个裁判员郑重地说：
你该下场了。然后
你就下来静静地坐在一旁
指手画脚……）

那一天来就来吧
我不企盼
也不惧怕

植树

小树的尸体
被插进土中
便能复活了
这里土能象征什么
小树又能象征什么

诗人多半被自己迷住了
说一个希望
一个现实
希望和现实的战斗
便构成了生活

沉默的活了几十年
喧嚣的活了几十年
却都腐烂了
但关于这时的记忆
该永远年轻吧

阳光的脸蛋上胭脂逐渐增多
我不是小树

无法翻译它的痛苦
小树不是我
也无法读懂我的沉思

所有的念头都吞噬着我
所有的意思都不能成诗
也许一阵风来
春就夏了
年便老了
小树活了，而我
却告别走了
或者恰恰相反

植树人把期望植入土中
收获的可全是果子？
小树把辛勤付诸根系
得到的可全是甘露？
一切的一切都可知又不可知
太阳说：大家都傻

反正有这么一个日子
浓浓的绿透过窗户
闯入了我的意境……

读

读一本书

读圆明园的断壁

读破损的长城

读滔滔且浑浊之浪汹涌的黄河

读脚下

那一堆堆闪着白光的

头盖骨和脊椎骨

读

读一个人

读额头那深深的皱纹

读嘴角那苍白的胡须

读那沧桑的眼湖里

欲滴不滴的凄楚

读他身后

那一行行烙在黑沙漠上

斑斑驳驳的

血迹

去读,去读

去读为什么生我
和那棵五千年的铁树
该怎样开花
为什么开花
和为谁开花

秋或夏

春天的风轻轻拂过冬天的电杆
夏天的杨柳被秋天的雨水降温

其实这电杆也便是树
说不定哪年哪月会开出希望的花
其实这杨柳也便是电杆
也许在下一个春天来到的时候
它已被锯掉了，做成一具
北方漠野的孤魂

该凄凄惨惨叫成西北风的呼啸了
该嘻嘻哈哈笑成黎明雄鸡的吟唱了
真的，当你面对地平线
身前是什么
身后是什么
真的不该了如指掌
无所顾忌总是那面镜子
永远是冰冷地站着面对一切
也容纳一切

而电杆和树
永远只是一种过程
却不是归宿

海

我漂走了我的那只小红帆。

奶奶，小红帆会漂到哪儿去呢？
——海里呀。

海是什么东西？
——就是这条清清凉凉的小溪
越流越宽
越流越深
最后流成一湾
好宽好深的潭子呀！

海远么？
——远着啦！我们这儿的一条小鱼
游呵游呵游到海里时
已经长得老大老大的了
比我们的房子还大呢

那么海就更大了?

——孩子,天空

也是海的一部分呢

呀,我明白了

我的那只小红帆

漂呀漂呀漂到海里时

也会长呀长呀长得老大

然后再漂到天上去

啊!会不会是太阳呢?

——哈,太阳是我小孙孙的小红帆

真有趣真有趣……

于是我日日从河里漂走一只小红帆。

于是我日日见到太阳便格外的亲切。

地

翅膀是为了某个梦想
才发芽的
我始终不悔

微笑欺骗了冬天
雪莱欺骗了你
我去骗谁

躺倒的时候
心
却离黄土更远了呵

鸽子是岁月的精灵
在黑色斑驳的垛口之上
一起一落

我将流泪以祭

昨夜之风

昨夜之风摇曳我的梦

成一片孤舟

浪很大

星的泡沫闪在远方

想在很远的地方

会有某个人

像此刻的月亮

凌立在风里

月亮是白色的

风怎么也吹不落

夜是黑色的

风怎么也吹不走

她是绿色的

风怎么也吹不掉的

只有声音

猜不透是什么颜色
被风吹来吹去

想很近很近的地方
会有某颗心
像此刻的月亮
凌立在风里

明日
红将更瘦
绿
将更肥

宇宙的对话

暴风雨是宇宙和我
一种夹杂手势的对话

然后月亮星星在如水的天上
是宇宙
说给我的诗

思想惊世骇俗排山倒海

语句细腻通透入木三分

听说，宇宙的对话
常常是在某个寂寞的夜里
专门说给某一个人

是这样吗

雨夜

没有诗里读过画里看过电视电影

里见过的芭蕉

没有。只有桐叶

雨打桐叶声

响在这盏孤灯映照着的窗子的外面的院子里

夜

很静

静得让这声音惊心动魄

静得让人心烦

静得让酱紫色眼睛幽蓝色胡须的培根先生

再无意正襟危坐

　　　　絮絮叨叨

哎，这夜

叹息一声便是亵渎

呵欠一次便是罪过

蛐蛐在叫

像星星的样子

很响亮很尖锐很清脆

但我知道

今夜山村

除了我这盏晕黄的有点微微发颤的孤灯

绝不会有任何光亮

哪怕是时隐时现见风使舵的小萤火虫

目的性很强的大雨已经在黄昏的时候

把这小山村

洗刷得够恬静够舒适够心满意足的了

梦

今夜在小山村

一定会生长得很茂盛很郁郁葱葱

渭河，今夜定涨

你听那夹带泥泞夹带故乡之土夹带孤独

夹带自盘古开天辟地以来

便被烙在脊梁上的那种痛苦

那种凄凉

那种悲壮的

涛声

轰隆隆响着似乎与静矗在灯下的耳膜发生了奇妙的共鸣

就像令人捉摸不透的命运

在紧张而又热烈地叩动一幢神秘而乌黑的大门

虽还未学会抽烟

心

却在今夜之孤灯下分明感觉到了

一种莫名其妙的灰尘

如烟灰末似的

在脚下

慢慢堆积而起

那是时间的脚步么?

雨打桐叶声

在窗外孤寂的夜里仍旧是那么响

    时断

时续……

第四卷

春野

将心铺展开来该是这微绿的田野

雪早已被超度成灵魂
然后侵入鼻孔
在心的天空凝成黑云
幽怨或者诗欲落未落
是不敢还是不愿
是不愿还是不能

树孤寂可怜站着是我的样子
我悲愤着是哈姆雷特的样子
没有风筝便没有回忆
没有牛羊便没有幻想
沉思是这迷蒙蒙的一片
欲春不春

没介意便落入某个圈套里了
没回头便被季节咬住不放了

走过的路又想如果从头另走
可这未走的路
又该怎样地避开陷阱

不想注释田野尚绿
想注释时田野黄了

夜

洁白的纱帘

轻轻拉上

于是

幽蓝色的夜

便如约前来了

如一大群随随便便的朋友

角角落落都可落座

（为什么还要亮着灯呢

夜是透明的）

你慢慢地躺下了

思绪于是便在这透明的海子里静默了

像一株珊瑚丛

偶尔会有美人鱼来

调皮地用触须碰碰

痒痒的

笑了

那是一圈梦

白房子

白房子是一座圆形的房子

白房子在太阳的照耀下

白房子在繁星点点的夜

白房子发出诱人的微笑

    我被诱进去了

    我被灌上了迷魂汤继而忘记了

    谁是我的妈妈

    所记的只有上帝的一句话：

    我要惩罚人类永远奔跑

白房子是那人的头颅蛀成的

白房子里面有火种

白房子里面有凶器

白房子里面有一种令人颤栗的东西

    使我的双腿一软跪了下去

    以额贴地

白房子是摧不毁的

白房子是攻不破的

    但是我终于逃脱了

　　我变成了一个野心家
　　我企图我今后
要把我的心给太阳烤熟了
苍蝇要用我的头颅
开一家"迷你餐馆"

夜里终于得

一只蚂蚁

爬上了我的脊梁

并且不刻气地袭击了我

然后被我捉住

剜瞎了它的眼睛

又给它套上笼头

于是我心安理得

心安理得于

我诗人的涵养

可是梦里

总有聊斋敲门

咚咚咚

总有诗句死去

春天

春天很妩媚

春天很稚嫩

春天终于撒着娇

一路漫不经心来了

突发奇想

我去做一回春天的父亲

可乎?

上帝定会点头微笑

而问题是: 正襟危坐的人类

会不会答应

初春印象

灰色的但绝不蒙蒙
天很高
　很远
山在天边
很清很爽的风悄悄吹着
树不动
风筝不动
牵风筝的孩子不动
很清很冽的水悄悄流着
岸不动
水中的石头不动
石下血红色的鱼不动
不动是沉思的样子
沉思是旅行的样子
旅行是进入
灵魂
的样子

春就要来啦
或曰：冬天就要去啦

源氏物语

春天了
爬山虎爬满天空
染绿了云朵和太阳

瓢虫是汽车公司
螳螂是建筑公司的吊车，屎壳郎是推土机
蝴蝶是航空公司
大一点的燕子是服装公司

嘴和嘴挂在树上
风一吹
便流言四起

太阳放飞一只只飞蛾
扑向我的眼睛
它把我的眼睛当成了灯

大团圆

你把感情的风鼓起来
让我做了风筝
被一根若有若无的线
操纵

我用冰雕了一位少女
为自己暗送秋波
可等我吻了她
嘴唇便被冻清醒了
而她，也就化了

化成一团洁净的东西
像空气
被我呼吸着

乙亥杂诗

世界是有毒的
但是人人必须同世界交换些什么
人人是吸毒者
所以人人都死去得那么早

太阳晕过去的时候
便是夜了
而我晕过去的时候
便是休息了

雨是乞食者的涎水
天上的乞食者把涎水流向人间
而人间的乞食者

那树
又把干枯的手伸向天空

我劝天公重抖擞
在雄鸡赛歌的时候
让我们一同醒来

春景

远方的雾沉淀成黑色的山

黑透了

而后升华成燕子

衔来绿绿的春水

薄薄的

太阳悬在半空

像米黄色的泪滴

挂在腮上

杨树发芽了

绿色的雏鸟栖满枝头

眼睛像星星

春雨还未晴

麦苗疯长

一群绿蜂扑向太阳

春夕

春雨蹑手蹑脚地来了
又去了
碧树青山模糊成烟
笼来
裹住远处的村庄

景色好极了
我欲醉
幸好有春风扶着
未倒

夕阳西下
幼马绿沾蹄

拐杖

鸽子是一片会唱歌的云

已朽得满眼皱纹了
却还要
用一根枯藤样的橹
　　　载一舟辛酸
　　　载一舟岁月
颤颤巍巍地
把这世界
仅余给她的那几点风浪
摇完。
然后，便走向那个
沉默的谜

会唱歌的云还没有飘回

春雨

关于什么的一些记忆
全被春雨浸绿了
关于什么的一些想法
全被春雨开放了

红色的泪珠
从一些什么东西上滴落
滴成和土地一样的颜色
生了根

棕榈树的叶子裂开了
有风吹过
颤成奏乐时钢琴的弹片
绿浪起伏的样子

君子寄情于物
而不留意于物
太阳出来的时候是月亮
的样子

默默任流云穿过耳畔

春天无题抒情诗之一

我把我的诗全写在春风的草笺上
流向何处
我不想知道
我只知道窗外的景色很年轻
很不怕虎

太阳是一条路的终点
也是一条河的对岸
喜鹊夜夜啼破蛋壳
羽毛不容易
要珍惜呵

问道：所有的花都开了么？
问道：所有的花都能开么？
又问道：所有的花都应该开么？

有只小鸟想衔月亮去填海呢
为了寻找树根

为了去拜会某个叫春风的故人
一呼一吸都想抒情

有些诗被树枝儿划破了
树枝是一泓绿水中的黑礁石
我悠然自得地坐着
窗前小溪里的红鲤鱼
也悠然自得地坐着

春天无题抒情诗之二

月亮和太阳是圆规的两个脚尖
季节是脚印

昨天傍晚看夕阳、看田野
看山村渐渐穿上黑衣裳
睁开眼睛
你准备醉倒后又沾一身情绪
然而没有

不要渴望黑暗中大树倒为拖把
路不会消逝
消逝的只有影子只有你会幻想的眼睛

春涨了，今夜又会有无数花落去
但也会有个梦
梦见羽毛或者别的什么
春眠照样会不觉晓

月亮和太阳是圆规的两个脚尖
季节是脚印

春天无题抒情诗之三

屁股不会笑
悬在空中
便是这灰灰白白的天了

昨天的太阳向我证明些
什么
今日的树
又向我证明些什么
枯叶
经夏又历冬
是欲扔又不忍的诗稿

懊悔些什么
在一些人的眼里
萌动些什么
在一些人的心里

春天无题抒情诗之四

所有的皱纹都覆满新绿的时候
眼睛便破涕为笑了

山是一头巨兽
树木是它身上的鬃毛
而所谓古迹
却只能是漂亮的伤疤而已

所有游春的人都是花蝴蝶
只有诗人是蜜蜂
花是春天的灯
而蜜蜂是盗火者

河在冬天的时候做了个梦
梦一醒就起程去了
没有一点点反悔的样子

根系在山里
在皱纹深处

春天无题抒情诗之五

用一只小手捂住眼睛

呜呜咽咽

其实是在唱歌

是在演奏一种童真的音乐

世界是一副大肠子

我们都是里面的蛔虫

曲曲弯弯盘来绕去

正襟危坐如此等等

都滑稽兮兮的

都很好玩

有一条河很规律很规律

一会儿流动白色

一会儿流动黑色

太阳和月亮

只是流动的两块鹅卵石而已

就像

就像春天的时候老是下雨

春天无题抒情诗之六

透明的小铜铃儿
落到树叶上
叮叮当当地响
落到地上
也叮叮当当地响

笑是生活的一盏灯
阴一笑你就晴了
夜一笑你就亮了

麻雀嫩黄嫩黄的
嗓子像鲜橘子
在这雨中穿行

春天无题抒情诗之七

蜜蜂都不是它们自己
鲜花都不是它们自己
放肆的
只有柳絮

记忆，在时间的深海里
沉淀成黑色礁石
每次出航
都提心吊胆

绿草地正隐隐成熟
蓄白了胡子

春天无题抒情诗之末

把春天埋进土里
长出了夏天
结出了秋天

叶子绿过红的花了
太阳红过叫的鸟了
风戛然而逝
树们都在做着同一种无声的努力

想挽留什么
想放弃什么

现实将要变紫的时候
人们就想到了水
看到了水之后再去看树
看田野
之后又想抒情了
其实一切都用不着等待
一切都会滚滚而来

于是又有个季节长满星星

是夏多雨

鸟儿感冒了
藏在墨绿墨绿的叶下
把羽毛也藏绿了
把嗓子也藏绿了

露珠滴在玻璃上
默默地用生命铺成一条路
终点是眼睛

其实眼睛是幻想
老会被黎明
或者黑云吞噬
像星星

会叫的叶子是鸟儿
不会叫的鸟是叶子
它们都静默了
但我知道仍有一些什么
在匆匆走动

是夏多雨
是该珍惜还是该唾弃

第五卷

太阳

黄巾大起义（100行）

1

美人鱼的泪
铸成了丹麦海边的铜像
而我的泪
却只能凝成黑色的冰

你将踩着摇滚乐而来么
抑或踩着振聋发聩的
雷声而来
呵历史呵

无数黑色的白色的燕子
都向你飞来
而黑暗中定会有六千零四百只眼睛
他看你的时候
你却看不见他

宝塔有什么用！

佛祖有什么用!

舍利子有什么用!

2

树是四方形的碑

人是椭圆形的树

奴才和狗

夹道而行

要么：去上吊

要么：去做贼

苍天! 黑云呼之欲出

雷电

急不可待

于轮子和轮子之间

于血液和血液之间

黄昏，赞美和歌唱

都会有无数星星

摇曳着死去

3

苍天!

鱼和树叶子被挂在坊间
葫芦和黑色的刀
就生长在腰间
苍天!

穷途而哭的是疯子阮籍
跪着把自己的耳朵
献给那个紫脸妓女的
是梵·高
陶渊明被太阳和月亮的石磨
粉成斋子

苍天!

黑色的山知道一切
黄色的牛知道一切
而铁青色的土地呵
你知道在以后的某个浓夜里

你将如何
被人们煮进烈酒

然后，燃烧
烧灭满天的眼睛
跪呼苍天的人

朽成黑水

4

苍天呀！幼马需要阔路：你笑
我需要呐喊：你笑

那么，我用我苍白的脸
去为历史遮颜
该如何？

来了，就想到有一天会枯
来了，就想到有一天会落
然而，树会生长的

绿色，在风的记忆里
不会老去……

树叶子颤颤抖抖
缩居在路旁

5

黑蝙蝠自坟墓中飞来
青春的肌肤
滑进历史的深渊
就永远

别想起来……

6

火星，一明一灭
把你的嘴
永远
与黑暗焊接

呵历史呵！

唯有黑野（100行）

色彩。赤橙黄绿青蓝紫的色彩
如风
如泛滥的洪水
将一种动物窒息了的时候
我选择了黑野
如同海明威举起了双筒猎枪
选择了死亡

是的。死亡
死亡是对生命存在的一种证明
死亡是一种角度
死亡是一种勇敢
死亡是对弓着腰的脊椎类
和变着色的爬行类
最最绝妙的讽刺

面对黑野。唯有黑野。
白骨皑皑如雪

这白骨下面是黑色的土地
这黑色的土地是能生长出犬牙
生长出伶牙俐齿的
旋风或者鬼魅或者怪样的
可以入画却不能用去规矩
成柱或者梁的树呀！

选择是灵魂持有者的特权。
在声音
被强奸得发颤的时候
在目光被绞制得发抖的时候
我唯有黑野
我唯有立在炙热之黑火燃烧
的黑野里
放逐我酱紫色的心
和幽蓝色眼睛
像风筝

但是。我不是海明威我不能选择
死亡我选择了黑野
唯有黑野

唯有月黑风高披头散发的黑野里

生之伟大和死之悲壮

才骤然间撞响成回肠荡气的闷雷

响彻九天寰宇

幻想。夹杂冰雹夹杂狂飙夹杂野性的幻想

砸灭所有的鬼火吹动所有的墓碑

飞—砂—走—石

所有的动物都将呆若木鸡

所有的植物都将鼻青脸肿

唯有黑野。唯有黑野神态自若

大笑。大笑成轰隆运行的火山之口！

给我自由。给我孤独。

给我一个梦样的自由我将飞出宇宙

带着我的黑野我所有奇形怪状的枯树枝样的情绪

给我孤独。十八个我在我的脚下历史成黑化石

第十九个我又将哇呀呀乱叫着

噪动一段雨的历史

头颅。血淋淋的头颅将用去当作重锤

撞响那幢黑色的锈迹斑斑的钟吗？

将眼睛撞瞎

将生命撞成一片永远也无法解释的黑野

死。值了。生存，仅仅是一种潜藏

在地层深处的挑战。听，

又有一个声音在轰然雷动了

深沉而激烈的黑色诱惑如潮水

滚滚而来

淹没我然后又雕塑我

黑野里没有鹅卵石有的只是棱角分明的瓦楞和石刀

星星是无所谓有的

也无所谓无。

而所有的可以入诗的和不可以入诗的

足以使人牢记一生的裂纹

对我来说都将是一种擦肩而过的风

一种生命之源！

是的。唯有黑野

唯有黑野里我将咆哮成一头

唇亡齿寒红舌滴血的狼！

黑野那边还是黑野

正如又高又大的山那边仍是又高又大的山……

唯有黑野唯有

没有影子没有道路没有妥协

没有亵渎的黑野……

THE RAINY NIGHT

大狗小狗凶残的狗

狡猾的狗

狗咬狗

头破血流你死我活

到最后

世界上只余下两条

称为生命的东西

又有一条被撕裂了喉咙

于是

另一条

也会在孤独中死去

这是关于未来的

童话么?

我莫名地战栗

在公元某年

夏秋之交的

一个黑漆漆之夜的

晕黄而温馨的

灯的孤岛上

战栗

像被割掉了头颅的躯体

本能的痉挛

呵雨夜

It's raining cats and dogs.

爱的抒情诗一号

A 你是爱我的

你是爱我的
你的脉脉的凝眸告诉我
你是爱我的
你的弯弯的浅眉告诉我
你是爱我的
你的红红的脸晕告诉我
你是爱我的
你的微颤的嘴唇告诉我
你是爱我的
你的起伏的胸脯告诉我
你是爱我的

B 春天

我曾做过无数个梦
每个梦里都有你

我曾唱过无数支歌

每支歌里都有你

我曾写过无数首诗

每首诗里都有你

就在这个多雨的春天里

C　对视

（我看天的时候

你偷偷看我

我看你的时候

你却

低着头看地！）

然而，我知道你是爱我的

那么我拒绝流泪

拒绝向你发誓

拒绝在这个春天里

跪下来求你

D　无言

就因为你老不敢看我
证明了你更加爱我
就因为你老是躲着我
证明了你更加爱我
也就因为这个
我更加爱你!

E　不悔

干柴
架在火上
噼啪作响
心
放在爱里
也噼啪作响

但我不悔

秋之晨

山蓝蓝的，很远
天静静的，很高
在山和天之间
太阳慢慢踱着，很凉

未落和已落的叶子
都结满了霜
那是对于岁月
冷静的思索吧

河也许就在山那边
正漂满了叶子
枫叶，也许
就生长在河两边吧

总之山是很蓝
天很静
雾总是天还没亮就来

天一亮就迅速离去

这时候我就这么站着
准备接受一些教诲
或者听一些乐曲

然后就
太阳升得很高了

八月的阳光

穿件毛衣逃出来
像片孤叶被风吹着
吹不响口哨
像鸟儿在这个时候
唱不响歌儿

门前的那条路
有许多枝杈
太阳滚过去
是枝杈上落了的
果子

我走过去
是不是也是果子呢
八月的一切都挂起来了
准备着风干
八月的阳光有一种淡淡的
香味

我的心呢

是不是也该挂起来

雨期已过

八月是阳光最得意的时候

金台观

站在那儿
你觉得你是鸟儿

有高高低低
方方正正的盒子
盒子里当然有
高高低低
方方
正正的故事

不过那些都离你太远
你觉得你
在几千年之前

天很高
山却不远
河就那么流着
只是很细

城卧在传说里

附记：
金台观，陕西省宝鸡市北部半山中的一个道观。相传为
元末明初张三丰修道的地方。站在那里可以鸟瞰整个宝
鸡城，我在宝鸡上大学时曾经去过那里。

纪游

我们拾级而上
那是石头
橡树便在我们两旁
热烈地站着
我们走上三天门

红的叶子紫的叶子
铺满小径
叶子下面是沙石
我知道，只是不见
霜

是秋天了，雾很浓
我们到达山顶
却看不远
庙里的泥胎和彩绘
就那么坐着

烧香者有烧香者的用意
抽签的却并不都有心事
我们就这么嘻嘻哈哈来了
山顶有什么
我们并不介意

回来的时候
她捧了一把野菊
我捡了几块石头

仰望天空

问秋完了之后便去品水

然后静坐着想象

落叶或者金币

或者池塘里的青蛙

这时候是不是

已孤坐入静了呢

隐居地下

是的。不久江河就会戛然断裂

你我便会成为涸泽之鱼

白雪便歌样地

覆盖这一切紫的黑的事实

只有天狼星还会亮着

我还会这么孤坐着成无叶之树

你还会那么偎依着成我之影子

年迈的伞再也闪不出片光羽影

枫叶哭红的眼睛不辨牛马

一千只鸟盘旋成风成连不成句子的诗
鸣叫像接踵而来的思想
星星峡在什么地方

星星峡在什么地方呢
墨绿墨绿的回忆成无桨之舟
想象的鞭影
时刻闪在我的瞳孔
席地而眠已不可能
当风悲歌已不可能

我囚犯样地
仰望欲透天机的晴空

半个喷嚏

太阳的思想泻满秋季
我丝毫也震惊不了

玻璃窗里有灰尘飘舞
徒有飞翔的愿望
太阳的思想跌落地上
也不见有丝毫声响

歌声在灰尘与灰尘之间穿越
吉他哭笑不得
在手指和胸怀之间
太阳的思想毫无办法

黔驴卧在地上做梦
饿虎立在风里反刍
鹰和鹰相视而笑
太阳的思想梳理它们

从眉毛到睫毛
有七种颜色
从你到我，有七种方式
太阳的思想很温柔

我于是决定不再思想

第六卷

困兽

怎么办

你是我生命中的沼泽地
我一走近你
便会身不由己。
怎么办？眼泪挂在腮边
四周是荒凉的草滩
怎么办？一句救救我
回声是叶子样飘落的
黄昏。怎么办怎么办
你为什么还沉默不语？

那时候（奶奶讲的故事之二）

家的中心
是厨房

厨房的中心
是那口锅

女人
围着锅台
打转转

男人围着厨房
转圈圈

深沉居记

席地禅坐。望天
阳光的海水盈盈且温暖
云是来来往往的帆
鸟是鱼。我是石头

或铁锚。是为记。

秋天无题抒情诗之一

秋天不知不觉，让秋雨牵着鼻子
来了。那些有着炎阳和浓荫
的日子也随着满地的水
渗去，渗到一些东西的根上去
其实到处也都是清清亮亮的
除过灰蒙蒙的地，灰蒙蒙的天
和我胸中那一块灰蒙蒙的角落
我说：树叶子落下来的时候
会有风来擦洗地面的
我说：秋雨离开了的时候
会有一些苍鹰用它们的翅膀
或歌声，擦洗天空的
可是亲爱的。你说：要到什么时候
会有谁，来擦洗我胸中这块
灰蒙蒙的角落呢？你说呀！

秋天无题抒情诗之二

中午的阳光使我想起你的目光
我是阳光下正在落叶子的树
有隐隐的风的声音
让我感觉到了你目光的颤动
你无助的目光是想抓住我的枝干
而我无助的枝干却连自己的叶子都
留不住……
你的目光充满哀怨
而我不敢看你，只有看自己的根
看自己脚下这些瘦骨伶仃的影子

经历

人　终于被世界
挤进舞厅。
让梦幻笼罩
让音乐浸泡
听凭
那位叫默契的神
摆弄。思想的外衣
晾在外面
心灵　在风雨之外
舒展翅膀。然后
吮吸自己
成一杯橘红色的
饮料。听最后一曲：
鱼　上岸吧
我们卷土重来

舞

捧着你　像捧着一池

盈盈的春水

（稍不留神

便会被风吹皱）

拥着你　像拥着一树

灿烂的桃花

（稍不在意

便会叫风碰落）

滑动脚的双桨

你便是我船头唯一的乘客

我们相依着

穿度音乐的急流

或险滩

梅梅

梅　　你凌波而来

静若睡莲

梅　　你踏雪而来

暖如春天

秀发披你盈盈的肩

你旋转　　在宇宙灯下

成迎风摇曳的柳

或涉江而过的蛇

梅　　你坐下来

一杯清新淡雅的水

便坐下来

梅梅　　望你

总是抑制不住

想留住什么

秋雾笼罩谁的内心

秋雾笼罩谁的内心
使我诗歌的木斧
屡屡崩摧。这苦涩沉重的网
让鹰擦地而飞
让语言这不洁的流云
始终逃避于想象之外
果实之外。这坚硬冰冷的壳
使临窗而伫的望者
形若陶俑……秋雾
笼罩谁的内心?

并非情诗

我也许一生也不会给她写诗
我准备恪守这个誓言。
诗和我是两种不同的存在
在她面前站起来，我愿意
诗像影子一样拖在我的身后
她看我，更多是看我的眼睛

你

你的来信
还锁在我的抽屉里
作为过冬
我唯一的粮食
你的照片
还插在我的影集里
作为生存
我唯一的荣耀

漫漫长夜
你是烛光中的哪一缕
让我泪流不止

退回来

常常莫名其妙地

怀疑自己

问上一连串为什么

然后盯着天花板

不言

   不语

周身有种充满水的感觉

人形的鱼缸里

可有水草

可有血红色的

鱼？退回来

常常不知不觉地

写自己的名字

然后盯着它

像盯着做错的题目

却不知道怎么改正

故乡：题朋友的油画《菊》

那一缕和煦的阳光穿过玻璃
那一抹温暖的爱意刺透心灵

记忆中总有把经霜多年的手
想象里总有些展不开的旗帜

秋酽如酒，启开尘封多年的鼻孔
会不会有歌声自远方飘来

冬至前后

举杯齐眉　邀身前身后
的影子
在你们最辉煌的边缘
作最后一次
摆脱孤独的尝试

雾浪滚滚　淹灭我心
如　重重苦难
收藏陶俑
那一块最纯洁的冰
最终　融于谁饮于谁

有人去了他所能去的
最南　我独坐于北
我面南背北
收敛光芒　也收敛自己
怀抱孤独
如河流怀抱歌声和水

最初的喧哗要归于宁静
一世的荣耀要归于一冢
举杯齐眉
在这阳光最远的时候
我谢绝所有哀怨
如树木谢绝所有叶子

愚人节

我现在还不能。和你们一起
狂欢。受伤太多的心，再承受欢乐
还需要漫长的路途。

玩笑？谁能静静坐下来，和我说话
少些调侃少些嘲讽。把凄苦深藏起来
把幸福扮演得很像，我现在还不能。

不觉得欺骗已经太多么，为什么
还要再增加一些。面对各种真真假假
镇定自若，我现在还不能。

只是我绝不怪罪你们。就像一个穷汉
绝对不能怪罪那些富翁。

摄影配诗

音乐

音乐应该是这么一种东西
把人稀释成黏稠的液体
渗入黄昏　或者夜色

漂泊远方的旅人　今宵
肠断哪里
化蝶　化忧郁悲壮的蝶
等待是一柄无刃的剑
谁的血浸红天空

音乐应该是这么一种东西
把最近的距离拉远
把最远的距离拉近

情到深处

梦中的林荫道在荒草中沉浮
梦中的人儿披一身黄金衣裳

岁月站在一个叫果子沟的地方
等待全世界所有的门
都一齐轰然洞开　流忠诚的泪

梦中的人儿披一身黄金衣裳
梦中的林荫道在脚印下挣扎

佛手

你需要什么就有什么
三月已过
六月有雨
你只是张开欲望
鹰在什么地方飞
草在什么地方长

你的痴情

在什么地方发芽

尔后　侵占

你一生一世的梦想

三月已过

六月有雨

你需要什么　这世界

就没有什么

傻瓜傻傻——写给××

我们都在那一场称作
爱情或者打仗的
游戏里
被任命为士兵

然后，和我们一起
起誓的人
不久，就

各 自 散 去 了

他们忘记了我们
和誓言
也许他们把忘记
当作成熟

我们还以为自己真的是士兵呢
我们还以为真的站在爱情里呢

被幻想的责任
　　　　　　自豪
　　　或者美丽
　罩住

像琥珀里可怜的小昆虫

第七卷

蛙鼓

飞絮

自进入这个城市　我就没有听到鸟叫
见到鸟。可是哪里来的这些白羽毛

仰望细而高的杨树　竟感觉不出它是植物
唯有泛黄的绿才告诉我　它不是金属
或者水泥之类

飞絮自玻璃窗外飞来　碰到玻璃上
沿壁而下　人被困于玻璃

初夏的太阳开始浮躁　人心却很稳
最大的诱惑是困倦　茶杯搁于一旁
一切都以水到渠成的姿态出现　也许
飞絮羡慕人的闲疏
而人　却正在羡慕它的自由

想想：什么时候去乡下录点鸟叫回来

禅悔

对你：认识我是一个错误

上帝要处罚吴刚
让他　去寒冷的月宫
砍伐
不死的桂树。
上帝要处罚我了
就让我
在没有终点的长路上
饥渴地奔跑。
并且　让我在这路上
遇见你；然后
又要含着泪
离去……

对我：认识你是一场灾难

夏天素描

夏天最终以忍无可忍的角度出现。捧出
满树的尖利的绿色的刀刃
风来，便有金属之声与寒光闪烁

不远处有湖。粼粼的光透出悲惨的欲望
有船粘在他的上面
有笑声，有野花一样的伞
粘在他的上面，粘在他多情而又忧郁的
脸之上面，如一粒粒豆大的汗珠
他没有手臂，他拂它们不去

被两岸紧紧缚住的孤独的河流
只有这么苦苦地匆匆奔走
这才是唯一能够折磨自己唯一能够安慰
自己唯一能够使自己不再杞人忧天的
方法

黄土地在新雨之后曾安宁了一阵子

然而一声短促的笛声过后
一辆破旧的发黄的汽车驶过去
灵魂便随灰尘开始躁动成为企图
最后却都纷纷一头抢地
灵魂有血么？灵魂只有痛苦的顿悟

远处的山蓝到最后终于面目苍白
溪水呢？那能够听见汨汨之音的溪水呢
那能够给沉重不堪的大山一点生的灵感
的溪水呢？他曾为她唱过那么多的歌
还有她身边那些星星点点的金黄色
小花……

田野里的小麦开始一株株相继死去
只有麦芒如矛，一支支直刺苍穹
以义无反顾的豪情挺立成英雄
苍穹寰不待言张开狂躁的大嘴
让我去歌唱谁？
难道去歌唱那颗伸长舌头的太阳？

还有树，叶下是扭曲的树干

树干上当然免不了密布的疤痕
是的。它曾经流过泪
现在泪已干枯，流泪处是愤怒的眼睛
饥渴的眼睛

人躺于正午，任夏天碾过全身

六月：麦子的过程

麦子由绿变黄，却并没有死

迫于阳光的压力

生命被以一种更深沉的方式

掩藏起来

坦然地面对镰刀

面对粗糙有力的大手

被碾被压

或者被脱粒机抽打

其实疼挛等等

只是一种条件反射

生命这时候

便开始结晶

成为舍利一样的东西

又是那些大手

捧起来

有欲流泪的感情

阳光这时候，正从他们中间

凝重地走过

并被这场面感动

爱你诸章（十四行诗五首）

1. 爱你爱得丢盔弃甲
2. 爱你爱得不知所措
3. 爱你爱得执迷不悟
4. 爱你爱得任劳任怨
5. 爱你爱得最没出息

1. 爱你爱得丢盔弃甲

我被书上的某个故事激怒之后
便开始用天真筑自己的城
并且说：小心！城内有十万甲兵
多少个女孩从我的城旁走过
我站在城上洋洋自得地笑
可哪知我高兴得太早
可怕的一天终于如约来临
你只是那么淡淡一笑，就使我的城
顷刻间便全然崩溃化为乌有
十万甲兵纷纷离我而逃

我只有这样狼狈不堪地看着
你不慌不忙地走进我经营了那么久
守护了那么久的：城
你第一个走进了我的心

2. 爱你爱得不知所措

是你更换了我所有梦的内容
但我不知道这是否便是所谓爱情
你的一言一行灌满了我心的容器
真想不到：平日里那个桀骜不驯的男孩
也会变得这样愁眉不展，郁郁寡欢
这一切只能向你诉说了，亲爱的
只要一阵微风过来，我就会知道
是不是你正轻盈地向我走来
但每当见了你，我又总是无法开口
真想不到：平日里那个才华横溢的男孩
也会变得这样词不达意，蠢如木头
这一切你都知道吗？亲爱的
我曾多少次试图躲开你
但我可以改变现实，却改变不了梦

3. 爱你爱得执迷不悟

我的世界之所以会这样天翻地覆
仅仅是因为你的存在
所有的日子原来是这样琳琅满目
所有的感觉原来是这样新鲜美丽
阳光很文雅地照下来
我能听见它均匀顺畅的呼吸
对着镜子，我第一次细地检查
眉毛、眼睛、脸以及唇下
那渐趋茂密的黑色植株
生活不再是这样的平淡无奇
每一个细节：它都闪着熠熠的光辉！
亲爱的，我爱你，纵使
与所有的人都因此反目成仇
我都要不顾一切地爱你

4. 爱你爱得任劳任怨

我一出生便是一匹烈性的马
奶奶说的：没有人能够真正驯服

可是当我一见到你，我便知道

奶奶错了。唯有你

亲爱的，唯有你才能使我平静

使我缓缓走路，坦然地吃路旁

那些叫作幸福的离离青草

我是匹马，属于我的只有长长的路

那么就让我今生今世驮着你走吧

答应我，只要你骑在我的背上

今生今世，我便永远不会疲惫

相信我，只要和你在一起

我便会勇敢地跃过一切障碍

超越一切：人生所必经的痛苦……

5. 爱你爱得最没出息

没有你的时候我寂寞得想死

而你的到来又使我死里逃生

你第一个无情地攻克了我心的堡垒

面对你，我却也只能傻笑

无论我内心对这种傻笑多么懊悔

每当你离去后，我都要为此诅咒自己

可一见到你，我却还只是这样而已
我多么想讨得你的欢心，甚至想
如果有江山，我也会效仿周幽王的
但又不忍心……将你
留给历史，让那么多假装正经的酸臭文人
指指点点！
你使我尝够了人世的酸、甜、苦、辣
对于你，我却怎么也说不出半个不字！

三夏大忙（组诗十四首）

毒日垄亩挥镰刃哼吁嗨哟他是老父
静室雅座诵诗书之乎者也我乃状元
——旧联作于 1990 年初夏

1. 回家

作为农民的儿子

无论走在哪里

我都能和麦子贴得很紧

抬头看看太阳

我就能知道

田野里的麦子

长得怎么样了

太阳由白而黄而紫

我便真真实实地听见

麦子对我的呼唤

我便真真实实地看见

父亲站在村口

先望望满地的麦子

然后望我的情景

我要回家

作为农民的儿子

我要回去偿还些什么

家被麦子围困的时候

我走进家

便是走进了麦子

走进了另一种结结实实的

生命

我要回家

作为农民的儿子

我要回去收获些什么

我们的麦子此刻

也许正翘首以盼呢

2. 默契

我能闻到麦子成熟的气味

像能听见妈妈在厨房里

将菜炒熟的声音

我们的镰刀

也能闻到

早在几天以前

就开始闪些熠熠的光

望着一望无际

像波浪一样的麦子

我们和镰刀

都有一种

摩拳擦掌跃跃欲试的

豪情

麦子却仍然很倔强地站着

或者在迫不及待地等候

以只有我们才能理解的语言

发出召唤

我们当然坚决响应

3．开镰

我们先用一种很深沉的目光

触摸每一株麦子

然后憨厚地笑笑

放下我们携带的保温杯

水壶等等

抬头看看天

太阳烧得正旺呢

阳光刺入眼睛

有一种很舒服的灼痛

麦芒也肯定

与我们有同样的感觉

我们拿起镰刀

像拿起一件神圣的器物

习惯地用大拇指

在刃子上试试

刃子滋滋地笑了

我们便把这发光的东西

伸向麦子的根部

哗哗啦啦

田野里便有一种让人肃穆的

音乐流淌

4. 麦客

我们洗我们赤铜色的皮肤

用麦芒和夏天的太阳

镰刀在我们手里

是我们和麦子交谈的工具

我们喜欢麦子

喜欢长得饱满的麦子

我们一路循着麦子的气息

寻找而来

看着麦子在我们的怀里

一株株躺倒

像我们娇气却懂事的孩子

最后很听话地坐下来

静静地听我们讲道理

我们感到高兴

回首，撩起衣襟揩汗

我们往往

被身后整整齐齐的麦捆感动

阳光坐在我们肩头

给我们喊一些劳动号子

等我们感觉到累

那一定是到正午了

我们便喝一些很浓的茶

倚着麦捆躺下来

微闭着眼睛

带着一身很愉快的倦意

与阳光开开玩笑

等着掌柜的送来

大碗的面条

和一些啧啧的赞叹

我们对此

很是感激

5. 小憩

把麦捆围成一个圆

我们坐下来

喝水

吃妈妈特意为我们烙的

五香饼子

爸爸又开始抽烟

习惯性地将一棵麦穗揽过来

用手搓一搓

然后轻轻吹一口气

手掌里便只剩下

一些圆熟的麦粒

爸爸开始一粒一粒地数

并且高兴地笑

烟便在他的指头缝里

慢慢燃完

我们看着爸爸的表情

很是感动

阳光也似乎被感动了

这时候忽然来一股风

我们有一种

醍醐灌顶的感觉

满地的麦子

也微微摇了几下

爸爸的快乐

我们知道

我们的快乐

麦子知道

6. 拉麦

麦子被捆起来

排在地里

田野便不再

像以前那么生动活泼

它以一种

奉献之后的宁静

陷入沉思

关于生命和过程等等

我拉着架子车

缓缓地走进

它宽阔的胸怀

并没有破坏这气氛

只是我们的小拖拉机

吱吱几声

冒一些烟

使这本来空旷的场面

更显幽深

我们把麦子

装进车里

然后慢慢地拉走

回头

我们的田野

依旧那么

不动声色地看着我们

只是，车里的麦子

没有觉察到

我们和田野的这种交流

它们的心

早已到了场铺

附注：

架子车：关中农村普遍使用的一种人力车，人站在两根车
辕中间拉着走。有时候也会拴一头牛在人前面辅助拉车。

7. 堆垛

麦子在场铺里麻雀样的

叽叽喳喳窃窃私语

等我和爷爷走近

不知是哪个唏嘘一声

它们就全静下来

我们便开始

在场铺的一角

堆放它们

爷爷是位堆垛子的老把式

他能把垛子堆得

像宝塔一样

我在下面

把麦子钗上麦钗

挑在半空

看麦子们吓得苍白的脸

然后扔给爷爷

听麦子的唉哟声

乱七八糟的麦子

被爷爷粗大的手

垒成宝座一样的东西

闪着金黄色的光

爷爷在上面

便俨然是位皇帝了

我们继续垒

太阳从爷爷的胳膊肘下

悄悄滑过去

还有几朵悠闲的云

爷爷可顾不上

跟它们搭话

爷爷在干活的时候

总是显出一种

很虔诚的神情

使我和麦子

都对他有几分敬畏

最后爷爷坐在宝塔尖上

默默地点一下头

就循着梯子下来

回头，望望我们的麦垛

又看看天

汗珠，正顺着他布满皱纹的脸

滴落下来

麦粒样的

8. 黄昏

黄昏，我们和我们的镰刀

走在回家的路上

麦子留在场铺

总使我们忍不住

回头望望

麦子沉默

有霞光

正照在我们金字塔样的

麦垛尖上

这就足以

使我们和镰刀

都快活不已

这就足以

使我们阵阵袭来的倦意

被一种激情淹没

妈妈站在村口

微微地笑

接过我们的空水罐

我们绿树浓荫的村庄

总使我们

感激不已

我们走进村庄

就随手打开我们的录音机

放一些柔和的

秦腔带子

然后，让水顺我们的皮肤

缓缓流下

9. 天气

这个季节
我们总要情不自禁地
抬头看天
关心天空里某一朵云的
位置和变化等等
最怕雷雨
只要那东西轰隆一响
无论我们正干什么
都要马上停下来
奔跑着
走近我们的麦子
我们听天气预报
运用谚语
看日出和日落
以及天上的星星
望天
我们先是祈祷
继而是恶狠狠地咒骂
我们并不觉得

这是卑鄙

当然，作为农人

我们最多的

是低着头

看我们脚下的土地

只是这个季节

迫使我们不得不

抬起头时

我们才发现

我们世代佝偻的身子

其实也可以

站得这样笔直

10. 碾场

我们把我们的麦子

铺成一块厚厚的地毯

然后让拖拉机

拽着沉重的碌碡

在上面碾压

于是我们的场铺

便成了这个季节的

第二个太阳

你走近场铺

就会有一种热烘烘的感觉

我们的麦子

就是这太阳里

一簇簇火焰

我们把麦子翻来覆去

就是要让它们

燃烧干净

我们的拖拉机

这时候最辉煌最得意

它突突叫着

像一把大铲

把这本来浓烈的场面

搅和得更加黏稠

最后，我们把麦秸

一钗一钗挑开

麦秸和麦粒

都很高兴

其实这并不能使我们

想到命运等等

11. 扬场

我们把我们的麦子

抛向天空

风来

麦子便飘成旗帜

一锨上去

我们总要抬头望一望

听麦子落下时

像唰唰的雨声

麦粒砸到我们的草帽

和皮肤上

痒痒的

使我们无比舒服

我们的麦粒

终于一粒粒跳出来

堆成锥形

我们对着它们

却忽然有一种

茫然若失的感情

想起去年秋天

我们播到地里的那些麦种

它们该是这中间的

哪一部分

12. 晒麦

我们的麦粒

在阳光下

闪着动人的光芒

使坐在树荫下的我们

总望着出神

每隔一段时间

我们都要

起身去将麦粒们

翻一翻个儿

麦粒们在我们的翻弄下

一粒粒渐趋生动

其实让它们

这么赤裸裸地在烈日里

晒着

我们真过意不去

想一想它们在田野里

破土而出

经过冬天

最后终于由绿变黄

的情景

我们也就放心许多

对于麦子

我们的崇敬之情

便也油然而生

好在这也是大自然对于麦粒

的最后一次考验

麦子的生命

在这考验之后

终于足够结实

13. 归仓

看着一粒粒麦子

我们终于长吁一口气

我们把麦子装进口袋

扛起来

麦子就在我们肩头

老成持重默默无语

我们扛着麦子

走进我们的家

粮囤早已收拾停当

等待着再一次充实

看看麦粒

像一挂瀑布

从我们的肩头流下

想象：田野是我们的泉眼

我们的肩头是渠道

粮囤是池塘

我们每天正本清源

才终于使我们的池塘

一次次

空了又满

对于粮囤

我们没有过多的欣赏

便离开它

我们的田野

又需要我们的汗水

和别的什么了

对于这样匆匆的日子

我们已经习惯

14. 辞行

我在房子里打点行李

我此刻的心情

麦子们不会知道

爸爸妈妈站于一旁

他们的心情

我深深知道

我走在村边的小路上

望我们的田野

地已被重新翻开

田野正兴奋于一种

新的开始呢

对于我的告别

它不会在意

爸爸妈妈还在村口

雕像样站着

我们绿树浓荫的村庄

是幅很揪心的背景

太阳已不太灼热

它留在我额头的脚印

也会在不久以后

慢慢蜕去

可我知道

在我心中

会有一些什么东西

永远不会蜕去

谢谢这个季节

谢谢田野

谢谢麦子

爱情是流行性感冒

到了现在我才明白

我们这个年代

不配谈什么爱情

爱情这时候只不过是一种感冒

在青春的世界流行性

打打喷嚏

便是一首我爱你的诗

咳嗽两声

便说是失恋了

然后闷着头睡一两个早上

揉揉发干的眼睛

爱情，这流行性感冒

到后来仔细想想

患一两回

也是件很美丽的事情

虽然到了现在我才明白

我们这个年代

不配谈什么爱情

玉米印象

甘甜的水样的阳光
使我想到了秋天的田野
想到了这群从生下来就一直
笔直笔直地站立着的
庄稼
想到它们的叶子
还在剑样地挺立着
以威武不屈的气概
叶下红色的缨子
是它们最后的一次
灵机一动
想到此后，它们就被迫一株株躺倒
被洗劫一空
抛弃在秋天的田野
想到只有这甘甜的水样的阳光
最后替这群战士
沐浴。然后是冷冷的风
吹起薄薄的乐曲
给它们送葬
想到这时村庄在一旁看傻了眼
但绝对没有流泪……

第八卷

骆驼

生命

他们的愤怒只能点燃
一支男人手中的烟
　　——北岛《另一种传说》

A

生命不属于我自己，我敢肯定
阳光照下来的时候我感觉到生命是一团火
一口气、一阵风、一声男人的
呐喊

B

热爱生命就像热爱春天的花夏天的叶秋天的果子冬天的
白雪
热爱生命就像热爱和蔼的老人天真的小孩
漂亮的姑娘英俊的小伙
热爱生命，就像热爱我们自己

C

鸟儿离开乡故远去的时候

小河离开故乡远去的时候

我不敢睁开眼睛看这水晶样的天

我不敢回忆

生命这时候便像潮水

拍打着我　心的岸

D

人说：忧愤会吞噬生命的肌肤呢

我说：我为什么老会忧愤不已呢

男人强打精神站起来

山却垂头丧气倒下去

生命流泪，如三月淅淅沥沥的雨

E

有风自莫名其妙的地方来，自大漠孤烟

或者自幽山深谷。星无所谓亮或灭的

我无所谓站着坐着说话或不说话的

生命原本像空气你赶不跑的像河流你斩不断
的像火山迟早要喷发的像蜡烛迟早要流泪的

F

生命原本是个组合体。那么，诸位
进入角色吧

自画像

额头是天空，飘满像鸟一样的白云
和白云一样的鸟

碧绿得像珊瑚株一样的树和青翠得像
蓝宝石一样的歌，不用说
就在这天空下面。激情洒脱得跟风一样
思想却咸涩得像海水

有时候石头开出血红色的花有时候绵羊却
咆哮如雷。夸父从左耳和右耳之间奔跑
最后渴死在下巴，那片黑色的树林里
有乌鸦来，有蝴蝶来，也有苍蝇唱着歌来

牙齿有许多种色彩和构图，这些色彩和构图后面
有洪水，怒涛排壑

整天让笔在一片圣洁的白纸上火星乱溅
让心在暗夜里颤栗成叶子，让悲愤

在这世界上刮成风暴，让所有的山都醒来
奔腾如马，让所有的地都长起来拔节成山

像需要自己画么？我从来都拒绝镜子

恋你的歌：——爱的抒情诗 2 号

1

第一次见到你的时候　你没有唱歌
却被你的眼睛打动了

第一次听你唱歌的时候
我的心　便被无情的穿透

2

或者　我的心便从此
被你的歌声围绕着成琥珀中的
昆虫

在各个地方想你
在语言之外
在语言之内
在玻璃之后想你

3

在梦里想你
在梦外想你
梦里想你的时候我才华横溢
梦外想你的时候我蠢如木头

月光和日光轮流浇我
以雨
我就是发不出芽
或长出木耳

4

想你想你想你的歌围绕着你
成金光四射的佛

我该双膝长跪拜你的莲座么

5

想你的时候我便没有了回忆
阳光如鸟　栖在我的肩头
只有我的目光　呆滞成
无根之树

6

你总是那么歌舞而来
又歌舞而去
而我　却总是这样沉默着

沉默　哦　沉默成你脚下的
一方土
就一方土
我也愿意

7

你踩我　用水晶样的脚步

如果你累了　想躺下来
我将马上长出一层绿草
托你柔柔的身体

那样　你就躺在我的心里了

8

第一次见到你　便忘不了你了
第一次听你唱歌　便
饶不了你了

我的心　便成了风筝了
线却在你手中
这美丽的线

9

这幸福的线……

哦哦，我该怎样开口给你说这第一句话呢

走过冬季

冬季，幽幽雪落
天国的枯叶
天国的树叶一枯就发白

大地浑圆
辽远如想象或者幻想
总有风来
撩拨它揉搓它

忍受。其实佛是石头
人心是水
树或者山或者房子
都有繁复的根系

寻觅什么
我不知道
走过冬季之后又会怎样
我也不知道

只是走吧。冷漠的
其实只是外表
狂热藏在心里

化蝶……

化白色的蝶……

问遍千百根枯枝……

梅花依旧开在梦里……

阳光之恋

阳光袭得你措手不及
你说：地狱里杀出一头
绿色皮肤的猪
蠢与否
待盖棺论定

然而阳光终究在玻璃之外
照着
你会想起蓝冠子的公鸡
唱歌的声音
你会想起红尾巴的燕子
擦拭春天的
情景

阳光终究照着，直愣愣地照着
或者傻笑
坐着是一种很尴尬的姿势
白色墙上的紫色痴痕

斑驳剥落如锈

叮叮咚咚跌落地上

熠熠闪一些金黄色的光

照着。阳光还是照着

还是有一些巨轮

或者苍鹰

掠你的心而去

而他们的沙哑的嗓子

还是在地上

长途跋涉

阳光依旧照着，枝枝杈杈直伸

下来

（黑胡须剃光了黑头发疯长）

地下：野草的根弯弯曲曲

有蚯蚓伏在上面

还有蝉，还有藏在洞里的蛇

还有青蛙

家园

隆隆的，我可以听见树的呼吸
鸟的梦呓以及许多个没有名字的灵魂
唱歌。唱些很淡泊很明朗之类
总之有我在他们是不会太孤独的

脊椎骨立着成塔林，塔林上有鸽哨
风来，他们便用风泡茶喝

房子是土地的肿块，四方形的肿块
每夜每夜都有不圆不方的人住进去
老鼠如法炮制。思想灌满房子时
也灌满鼠洞，只是那时鼾声如雷

白炽灯在这个时候无孔不入
挑剔我，灵与肉被挂起来了。
人人都是被迫。只是我被迫想起
摩崖石刻或者陶罐等等

然后把这些想法背起如牛负重啊

两边是岸，岸和岸只是心有灵犀
不会有各色的鱼或者水蛇之类点拨他们。
但会闪些鳞片或者别的什么
月亮还是那么傻乎乎飘着大智若愚

嫦娥，嫁给我好么？

下午 4 点 10 分

有声音，震穿你的灵魂，汽车、拖拉机等等
太阳挂在玻璃之外你须俯视才见

有人就在隔了几间的另一个房间里却与你
有一生的距离。喊一声：爱我吧
空气便颤抖灰尘便停在半空中莫名其妙
世界：终于被有形的砖与无形的水泥充斥

撕裂人格。撕裂所有的跌跌撞撞
所有的因砖头和水泥而窒息了的幻想
撕裂我，早睡早起，然后在砖头和水泥间
跑步的习惯：鸟尸铺满我的路

我该怎么办？一生的孤独难道真的能
换来一个人的爱？我该怎么办啊
闪着白光的脊椎骨和头骨将永远挂在桌前
与我的书在一起，与我的诗在一起么

洞悟一生是很高难的命题。特别是洞悟
这些砖头和水泥：所有的梦都黏稠如蜜
乌云是对大苦大难的最好诠释，雷和电
仅仅是结果。结果，黑色的铁和铜相撞

人只能是一个象征存在于这个世界呀

爱一个人，拿你的心去剥析这些情绪
你的心太钝了呵！爱一个人
悔与不悔，只能是你去做一次选择
在砖头和水泥之间做一次选择

总有难以展平的褶皱，总有难以抒发
的心事。咸涩的海水溢进沙漠
或者溢进砖头和水泥的时候
会是个晴天的下午吗？只一声我爱你

时间便似进似退，我便似有似无

娃娃爱过年

娃娃爱过年是因为过年的时候便有

寒假

过年的时候便可以在路上

来来回回地走

便可以吃好多好吃的东西

便可以坐下来

整夜整夜地听奶奶讲故事

特别是过年的时候便会有地方

唱大戏

他们便可以鸟一样在人的树林子里

窜来窜去……

娃娃爱过年还是因为过年的时候他们

可以穿新衣服

过年的时候他们可以放鞭炮

可以自由自在地在街上撒娇

可以大模大样地走到花花绿绿的

小摊上

买几包瓜子或称几两花生

与小伙伴们学着大人的样子

边走边谈

然后便是一家一家地去走亲戚

去坐在热炕的一角当客人

如果上学期成绩好

那么成绩单也随时装在口袋里

时不时掏出来

红着脸蛋站在一旁察言观色

奖赏多半是一个苹果

或仅仅一句话

就这一个苹果或一句话

就足以使他们激动半天

回来时候路旁的积雪就特别白

积雪边的麦田就特别绿

天就特别蓝

太阳也就变得特别温情

冷冷的风吹到红红的脸蛋上

就特别好受

其实过年也有让娃娃伤心的事

娃娃每天都要去地里拔草喂了一年

才喂肥了的猪

这时候要被人们七手八脚拉到

黑黝黝的案板上去

猪叫得真惨

那是娃娃最亲密的伙伴之一呀

娃娃经常和它唠唠叨叨或者开个玩笑搞场恶作剧

猪气得直哼哼

娃娃高兴得笑

可当猪终于停止了嚎叫

被拉进滚水里拔光了毛洗得白白净净然后挂上架去开膛

猪尿泡被屠夫从肚子里取出来吹得

像个大气球的时候

娃娃便破泣为笑了

附注：

猪尿泡，猪膀胱。刚从猪膛里取出时倒干尿用热水洗净
可吹圆象个大汽球。

非雨非雪

突然觉得童年过得太潦草。于是，这感觉
便轰隆一声，把自己吓了一跳

其实早就这样想：真正能头顶苍天的人
又到底能有多少呢？要么被太阳充斥
要么被云或者星星。可是这个时候
这一切都没有。没有：苍苍茫茫无边无际

曾经有过那种时候，雪在地上落了一层
少年把它当作纸，用手指头在上面写字
边想边写。手指越写越热

然后，对着这一切笑

一个人出去散步显得孤独。两个人便会有
分歧，或者不理解。三人便会有斗争
那么就呆望这苹果园吧，这枝枝干干挺立
关于孤独或者个性等等的思想

饶恕我吧，冬天。想象的蛇在洞里蜷成
一团；想象的鹰被打湿了翅膀；想象的
麻雀在屋檐下惶恐之极；想象的爷爷
在山里，围着火炉打着盹儿：小心白胡子

曾经有过那种时候，少年爬在炕上
望着黑黝黝古老的门框，望门框外的雪
祖母慈祥地坐在他的一旁，讲着故事

望着他笑

其实人生本来就很潦草。东去的白色汽车
使我想起了家。还有公元前来过信的朋友
非雨非雪其实是雨雪交加：落到地上是雨
落到我身上、头发上，为什么却是雪啊？

其实曾经太多了便是对现在的亵渎。老想
着误入歧途了，蓦然回首，身后的路
却从未徘徊。勇气早该是一粒种子埋在
血液里：爆响会如期到来如迅雷么？

感觉的末端

吃你送我的瓜子

在阳光下

像蚕噬桑叶一样的声音

然后想象我也是一只蚕

你是穿白衣服的

蚕姑

你用桑叶喂我

你该轻轻抚我

那么。我吃你送我的瓜子

把壳留给自己的影子

然后对影子说

这真的叫爱情吗

影子没有回答

只望着我

也好像在问同一个

问题

阳光很温柔地泻下来

她看着我切切地笑

我望着阳光

怎么也笑不起来

春天的阳光

雨后的土地

用水洼样的眼睛

看春天的阳光

扑闪扑闪

含情脉脉

凭空生出一种

翠黄或者嫩绿的

情绪

从柳树的柔肢周围冒出来

从草地的脚趾缝里钻出来

有蒸汽从四周

冉冉地上升

象征某个时候

某个故事

恍然大悟的样子

远处的山很蓝

近处的楼很静

时不时有拖拉机或汽车

的声音

穿透时间和空间

也穿透春天的阳光

田野里的麦苗

早该摩拳擦掌跃跃

欲试了吧

雨后，有春天的阳光照着

我们都踌躇满志

吊臂

你抚摩着楼房的后脑勺

笑笑眯眯地看着

楼房长大

楼房在你的周围

叽叽喳喳雀样地

站成森林……

你与楼房

有一种充满象征的关系

那天太阳

坐在你和楼房之间

想到了微风和竹笋

想到了上一代和下一代

也想到了一座城市

一个民族

拔节的过程

你该是竖起来的桥梁

印象

树就那么站着，鸡蛋样坚硬的
男子汉的样子

天壮得像一头牛，蓝得像你的表情
风弱得像一群绵羊，咩咩叫着

拱地上的叶子
又像猪，或者屎壳郎

站着，太阳是冰砖的样子
使人望而生畏

站着，大地远得像海
你是一叶白帆

白帆白帆，像猛然间袭来的灵感

诗的困境

鸟自太阳中飞来
一千只
金色的鸟

塬卧着如憩息的老马
鬃毛
被掠塬而过的风

吹响。那是树呀
树之根
深入塬的内部

触摸或者想象
均已困惑如初
雾过来，之后便散去
如歌。霜过来，之后
便化去　如日子

古人垂长髯如瀑
在梦里
梦与现实隔着夜

黎明　早晨　中午
然后黄昏
推开百叶窗　放飞鸽子

思绪于是搜刮世界
于是浊浪滔天
息壤息壤真会死灰复燃么?
生存与否我知道
路，真正的路只存在于
心里

只有塬，我的塬处惊未变
伸手，为云
拨亮星的灯盏

诗人站着，反射时间

第九卷

国王

今夜想你

逼　心的鸟
入海　成
一尾沉鱼

花　照样开于岸上

总有　水中草
触鱼之须
砰然　撞响
翼之梦

蒙难　预期潮涨而来

游刃

秋风起了
我就站成一段篱笆

心是挂在篱笆上的
铃铛
风穿我而过
篱笆没有动
只有心叮当作响

然后便下雨了

所见

叶子落下来

像米黄色的蝴蝶

停了一地

阳光照上去

便熠熠地闪一些

粼粼的光

麦苗见缝插针

就在这些阳光

和蝴蝶之间

露出些尖尖的嫩嫩的

脑瓜

风在高处

激动不已

中午

阳光是一种比空气重的气体
慢慢从空中沉落下来
淹没田野，然后，淹没树

空气里融入这种叫阳光的
气体，便散发出一种香味

器物沉浸于这种叫阳光的
气体里，便呈一种很令人
兴奋的娇态。特别是

这将冬未冬的时候

曾祖母

一把拐杖
靠在黝黑的门框上
门框上面
是被炊烟熏黑的
斑斑驳驳的窑壁
门框里头
有很幽很深的
故事

故事外
飘着雪花

日子

日子！日子！
我喊日子像喊我的儿子
有时充满怜爱
有时充满懊恼

日子！日子！
我喊日子像喊我的儿子
如果我再用些心
日子能长得更好

日子！日子！
我喊日子像喊我的儿子
如果我稍不小心
日子便如脱缰野马

日子！日子！
我喊日子像喊我的儿子
也不敢对他要求太多

使他在我手里惨白如纸

日子！日子！
我喊日子像喊我的儿子
也不敢对他无所期盼
使他面对现实一败涂地

日子！日子！
我喊日子像喊我的儿子
看着日子一天天长大
我有时真是手足无措

生命的厚重部分

鸟，飞在空中，被阳光晒化

成凝重的泪水，纷纷落下

有羽毛的影子或样子，雨的气质

油的腥腻，水银的精神

渗入紫黑色的土地，渗入根

根下有过去的人朽或未朽的尸骨

鸟，飞在空中，被阳光晒化

成熟

胡子从四面八方包抄上来
围住嘴成一座孤城，心在城外

心想说的意思传不到嘴
嘴能说的意思心不满意

冬天太冷

雪一下子盖住了去年
明天是元旦

冬天太冷，我的诗
也被冻得
硬邦邦的
坐在一间有大玻璃窗
和暖气的屋子
窗外的雪
被想象成一场梦
可我的诗不愿意
她是一棵小松
孤傲地负着雪

明年的阳光要照耀
今年的雪

新鲜总是凉凉的

新鲜总是凉凉的。雨软软地来
默默地飘。它把自己
全溶入了这种纯净的氛围中了呢
最后终于忘了自己。忘情地
飘成了雪花：蝉翼样的
轻柔的雪花呢！把我的春天
纷纷繁繁全飘白了呢。有树
仰起脸，嘻嘻地笑：新鲜
总是凉凉的。

第十卷

社戏

雪花

这冷的
精灵

以真水无香
的内心
和缜密
到惊艳的
形状
美过全部
思想

以自由自在
的飞翔
和淡然
到无声的
一生
鄙视其他
物种

源于高处

越冷

越兴奋

这美德的

化身

烧开水

一场
古典音乐
在音响中
激动

很立体

一壶水
在磁炉上
渐热

很生活

一把
阳光
在空气里
灿烂

很张扬

观众
的掌声
和水滚
合为一体
被阳光
衬托得

很响

回故乡

回故乡的正确姿势
是深夜潜回

最好在隆冬的深夜

所有的景致
都被夜色掩盖了
所有的乡亲
都被夜色催眠了

只有这样
你才能用记忆
将故乡恢复到原来
的模样

回故乡的正确姿势
是深夜潜回

衣锦还乡本是陷阱
或者悲剧

在熟悉的地名走丢

和自己影集里
那些百看不厌的人
互相瞪大眼睛
然后擦肩而过

而且还别黯然神伤
那样会显得很装

回故乡的正确姿势
是深夜潜回

最好是隆冬的深夜

所有的情绪
都被夜色涂抹了
所有的思想

都被夜色冷却了

这样在天亮的时候
你才会明白

古往今来
多少人梦里梦多了
都想要回去
的地方

实际上
是谁都回不去的
时光

故乡

我出门上大学
的时候
故乡
是陕西省
宝鸡县清溪乡

毕业了
清溪乡没了
被并入潘溪镇

结婚的时候
宝鸡县也没了
改名陈仓区

带孩子回家
的时候
老家
又被划归

高新开发区

就这样
一步步
故乡没了

青春
也没了

逃犯

活着，你必须
像一个逃犯

与生俱来
时刻涌现的
各种念头

随时暴露
出卖我们

如影随形
无处不在的
诱惑
或者挑战

随时虎视眈眈
俘获我们

活着，你必须
像一个逃犯

让敬畏
成为一生的
主题

让夜晚
成为面对星空
泪流满面的
时间

活着，你必须
像一个逃犯

并且珍惜
这个身份

战战兢兢过完
一生

小丑

一个渴望成功
的男人

顺着别人的掌声
走向毁灭
算不算

一个沉湎表达
的男人

用别人的故事
抒发自己的感情
算不算

一个想更舒服
的男人

在深度痴呆里

且歌且舞

算不算

谁的一生

又不是

一个笑话呢

冷笑话

和笑话

哪一个更可笑

做贼心虚

人
一出生
就做贼心虚

幸亏有父母
呵护着
并且

从习以为常
到理所当然

越堕落
越快乐

直到某个
深夜
面对星空
惊醒

羞愧难当

宽恕在哪里

就把心
放在那里

人
一出生
就做贼心虚

这本来
是一种恩赐
请珍惜

试图理解诗

一个无底的
垃圾桶

各种各样
被称为食物
的东西

顺着嘴
倒进去
一天三次
从生到死

还有声音
故事
以及废话

表扬，吹嘘
以及批评

咒骂

音乐
以及噪声

沿着耳朵
灌进去

该看的
不该看的

好看的
不好看的

只能透过眼睛
都接着

然后就是
小心地将这些
收着

并且
盖好盖子

然后
沤在一起的
发酵

冒泡了
顶出盖子缝隙

被称为
思想
或者诗

身背乐器售卖的人

他浑身挂满
一日三餐
本月的蜗居
以及孩子的学费
或许还有
老家的漂亮房子
在城市的街头
漫步

顺手抽出
某件造型奇特
或式样优美的
演奏起来
人群聚集处
不是叫卖
是随时随地
他的
音乐会

身背乐器
售卖的人
和音乐的关系
很人生

雪夜

纵使
一万支
白色的箭
争先
恐后
围堵而来

这铺天盖地
压下来的
气势

这张牙舞爪
飞过来的
状态

以及让一切
失去温暖
的能力

还有在脚下

制造跌倒

的诡计

纵使

这世界上

只剩下

我

孤独地走

回忆（四首）

商店

那里什么都有
让全村人都围着打转

玻璃柜台里的世界
和玻璃柜台外的世界

用辛辛苦苦劳作
换来的钱勾连

偷书

那时候书不贵
即使县城的书店
也很大
也是开架

找父母要的钱买一两本

还看好了其他几本

第一次试着夹带出了一本

后来胆子就大了

每次去买书都这么干

掏钱买几本

夹带几本未付钱的

仿佛不这么干

就亏了似的

又一次竟然只买了两本

前面一本后面一本

中间夹带了很多

被发现的时候哭了

求饶，写检讨

好几年不敢去书店

甚至连书店门口都不敢路过

那时候真的很鬼啊

一些认为非买不可的才掏钱

偷来的其实都是

可买可不买的

这些不急功近利的阅读

让我的童年有了不一样的色彩

窑洞

雪好像一直都特别的厚
没有风也没有麻雀啥的

窝在被窝听奶奶讲故事
红窗花被水汽弄得潮湿

在一片冷静的前景后面
我的童年在窑洞里温暖

过年

岁月苦短
把团圆啊宴乐啊
这些好事情
攒在几天里一起过
是不是
更有滋味一些

每天半两酒不多不少
与选个日子大醉一场
哪一种感觉
更幸福

五道口

梦想的火车
奔跑在冷冷铁道上
失去左顾右盼的自由
我们得到了远方

买一送一的枣糕王
地摊上的各种时装
电影院里的秘密
万圣书园装满思想

在这里上学又走了
留下来的走不了了
科技园长明的灯光
将青春深深地埋藏

吹着牛挤过那人群
旁若无人穿过马路
摇滚民谣和黑胶

然后是互联网大咖

零点过后的酒吧
和清晨不散的烤串
你的我的夜生活
人来人往有什么不一样

那个长发的姑娘
弹着吉他在等着谁呢
青涩懵懂的小伙
在她的身边默默地张望

从这里出发五个方向
除了飞机都能坐上
你想去远方还是蜗居
都能从这里起步走啊

叫作五道口的地方
一起挥洒青春的地方
叫作宇宙中心的地方
让我们滋生野心的地方

火车就要开过来啦

请在拦道外等候啦

谁也不要越轨啊

汽车 自行车 行人

都一样啊

附记：

五道口，清华大学、北京大学等著名高等学府附近的一
个地点。这首诗是我编剧的一部青春励志话剧《五道口》
的主题歌。

关于我

应该承认，我本是个
暴虐的人

我的善良
只是
我不够勇敢的
借口

要不然

在雷电交加的日子
欣喜若狂
在春暖花开的时节
泪流满面

该怎么解释

总感觉已受尽欺凌

总感觉在委曲求全

若把不舒服当作苦难
我的苦难罄竹难书

如果想象可以杀人
我的每天

血流成河

总希望
末日
尽早来临

问题是
末日真的要来了
我

何颜以对

确实应该承认，我是个

暴虐的人

总不能
心想事成
是世界对我的
保护

从这个角度讲
我其实，也很幸福啊

但这是否
也是一个懦弱的人
对自己的催眠
或者安慰

· 评论 ·

张弓惊的诗歌缘

徐 江

　　大约两个月前，收到老朋友张弓惊发来的微信，希望我给他即
将出版的新诗集写点什么。

　　弓惊出诗集，我从来不会惊讶。对于爱诗的人，那是早晚的事。
他邀我写文字，则更是会心一笑，耳边又回想起十几年前一起编报
纸时他的抱怨："你这个人什么都好，就是从来不表扬我的诗。"
如果一个自视甚高的诗人，约一个从不表扬他的人谈他的诗集，那
显然是动了真格儿的。那你就必须认真对待他的请求。更何况，弓
惊是我在先锋诗之外的朋友里，极少数的几个不能拒绝的朋友。

　　记得最早认识弓惊，我连他的名字怎么写都没法搞清。因为他
这个名字，太像笔名了，而且是带了谐趣意味的笔名。起初我以为
他应该叫"张公京"，但后来发现，人家叫"张弓惊"。后来他移
居北京创业，我建议他，不妨改个更常规也更有气势的名字——"张
弓京"，但后来发现，人家一直叫张弓惊张弓惊张弓惊，就这么十
多年下来了。由此也可以看出这个人的执拗——创业者加上写诗人

的双重执拗。

这么些年里，弓惊是我私交不错的朋友里所见过的、少有的媒体奇才。说他在全国"70后"媒体人里排前几名，我认为都不能算是过誉。早在都市报风行的年代，我曾亲眼看到过他这方面的才华，用短短不到一年的工夫，让一家市场份额排在本地第四的都市报，一跃成为当地第一！他当时的许多平媒理念（报纸的标题风格、版式风格），要迟到数年之后，国内少数几家著名的报纸才开始觉悟和践行。

张弓惊爱结交诗人、文人，但对自己写诗这件事藏得很深。他主政过的几家报社里，或多或少都出没过怪模怪样的这类人。这其中，有起初写诗后来老实当报人的、有当年红极一时后来却耽于酒精的先锋小说及内地武侠小说名家、有网络小说推出的优秀中坚作者、有心思奇巧后来终于自杀并由此被诗界错爱的，也有娱评球评写得极具诗意同时见地到位的编辑和记者……弓惊都能在工作中与他们很好地相处，并包容性的面对他们的怪异举止。

比如他正在和发行部或广告部开会，某个作家兼本报资深编辑拎着酒瓶子闯进来了，说："张社长，咱们一起喝一个！"弓惊说："我不喝酒，我们在开会。"编辑说："那张社长，我请求辞职！"弓惊说："可以。我先开会。你出去时别忘带走你的酒。"转过天，这两个人又在报社相遇，彼此都没再提前一天的事。

2004年，昆明和瑞典的奈舍诗歌节合作，举行昆明和北欧五国诗人合作的现代诗歌周。于坚找到我，希望报纸能帮忙报道一下。我当即代表报社表示，这样重大的文化交流事件，我们会辟出专版大力支持。跟弓惊说完后，他当即表示，不止报社要在诗歌周的五天里，分别在文化和副刊板块各辟出一个专版予以报道，还要在开幕那天，特别推出专叠，予以全面报道。上自市委领导，下至业余作者，一周的时间里热谈现代诗，成为那座城市空前绝后的一个盛况，进而改变了同城其他媒体对现代诗不冷不热的报道态度。这样的事，在我近二十五年的新闻出版兼大众媒体供职生涯里，极少出现。它和李军、伊沙、秦巴子等主政时期的《文友》杂志一道，构成了我关于现代诗与现代传媒互动的难忘的记忆。

　　大约十年前，我写稿之余，去北京小歇，又和移居北京发展的弓惊小聚。随我一起的还有另一位老友——《诗参考》主编中岛。我和弓惊都是爱做实事的人，见面不怎么谈诗，通常都是先交流对媒体发展趋势的看法，以及老同事们的近况。突然，初次与弓惊见面、那几天正在原单位不爽、寻思着跳槽的中岛兄对弓惊说了一句："哥们儿你帮我找个工作吧！"我听完大吃一惊。多年的交往虽然让我习惯了老中岛的前言不搭后语，可刚一认识就开口求人办事，这显然还是不太符合中国人交往的礼数（国外的咱不清楚）。结果听见弓惊悠然地说："那你把你对新工作要求的条件先告诉我一下。"然后话题的走势就朝着他俩谈求职的方向发展了……

　　张弓惊在与诗歌和诗人各类奇妙的际遇间宠辱不惊。这里面有他个人的职业修养、交友风度，更多的，还有他深深隐藏着的、对诗歌的爱。张弓惊对诗歌写作的痴迷，不亚于任何一个拎着包热衷于四处搞诗歌旅游、诗人交际的当代诗人，但他这些年压抑住外表狂热和内心高傲，埋头从事媒体、网络推广和舞台剧开发，丰厚的阅历又使他对于诗人、诗歌的理解，有着与我这样致力于现代诗先锋写作的作者迥然不同的看待。

　　弓惊写诗，开始于学生时代。后来一直不紧不慢地延续。在我看来，与其说属于广义的当代诗写作，不如说属于一种更精准含义上的文人诗写。这种文人诗写，在当代的作者数量极为庞大，远比有鲜明美学理念支撑的"现代诗"和有世俗协会趣味助力的"新诗"都要广泛得多。它的美学本质就是由新诗传统、古诗情怀、朦胧诗以降的现代诗氛围影响这几方面融合，致力于无功利式人生况味和感怀的写作。虽有文人气，却并没受制于书斋；虽追求现代，却还是被传统和飞速发展下的乡愁深深拖拽着，并不时陷入对自我和时代深深的怀疑、感伤……

你很难指望张弓惊这样骨子里追慕优雅的文人，变成一个追求美学上极致的后现代时态的写作者。但没关系，这不妨碍他在"诗歌"这个他挚爱的领域里去疗自身之伤、岁月和时代之伤。在一个无知的媒体和庸众仇视现代诗的时代，诗歌对于一个坦诚面对生活的当代人能起到上述的作用，也已足够。

中国三十年现代化的发展并不是对西方循序渐进式的亦步亦趋，而是跨越式发展。中国当代的城市居民也不是老上海老天津老广州居民自然繁衍和扩散，他们更多还是通过学校和就业这两大直通车，来自全国广阔的乡村和草场。不只是诗人、作家、学者、媒体人以及其他知识分子，我们时代的建筑工人、餐厅服务员乃至达人歌手，绝大多数都是兼有城市/乡村的双重来历。这些人眼中的现代生活与文明，无一不构成了对以往书本上讨论的这些词汇的丰富和消解。

时代的丰富性令写作者的素材无限扩大，同时也无限地矛盾。这对于每个作者都是空前地挑战。我曾经跟一些有着农村成长经历，现在已在城市生活和工作多年的朋友说："如果你写作的前三分之一母题是乡村和童年，那后三分之二的母题就应该来自你的眼下了，否则这二三十年岂不是过得毫无意义了？""你们想过没有。为什么有人写起乡村记忆那么深情，写起城市却那么简单、轻浮、油滑？

我想，这不是城市的问题，而要在人身上找问题。"类似的困惑，我相信弓惊也会有。而且既然他与诗歌的缘分结合得那么紧，这些困惑就很有可能继续追随他的写作一生。

十多年前，我曾在《论现代诗》一文里，根据自己的体悟，结合现代诗各位先贤的理念，对现代诗提出了五项指标，五项中只要具备了三项，便可大致归入现代诗的行列——

1. 有没有一个智性的审视世界的眼光；

2. 有没有明确而自觉的语言建设指向；

3. 有没有将"抒情""抗辩""玄想""解构""反讽""幽默"等个性指标置于诗歌合理性下的综合能力；

4. 有没有将简洁（或透过繁复的外在，呈现出直指人心的穿透性力度）作为追求诗歌境界的最主要目的；

5. 有没有将在所有既往诗歌传统中被奉为最高指标的"人文""哲思""情怀"诸元素，严格控制在诗歌本身所要求的简约、含蓄、凝练之中，而不让其产生喧宾夺主式的泛滥。

上述五条，供弓惊思考写作时参考。

话说回来，一切理论是否有效，还要看与作者心性的契合度。落实到具体作品，他近作里的《身背乐器售卖的人》，组诗《回忆》里的《偷书》《过年》，以及更早的《剪辑情绪》《办公室》《思想一班学生》这些作品，已经暗含了契合于他自身经历与气质的有效之路，如果在加强凝练的基础上写开、写丰厚、写出骨子里的傲慢劲儿，那会是一个不错的、不辜负自身与诗歌缘分的全新开端。

徐江：诗人、评论家、专栏作家。著有诗集《杂事与花火》《我斜视》《哀歌·金别针》，当代文学史论《启蒙年代的秋千》，随笔集《爱钱的请举手》，长篇小说《苹果姑娘》，批评合集《十作家批判书》《十诗人批判书》，随笔合集《时尚杀手》《明星脸谱》（合著）等多种。主编《从头再来：诗歌论争六十年》《我们乱七八糟的生活——BBS时尚批判》。有诗作被译为英、日、韩、西班牙等语种。

· 后记 ·

这一段人生

　　苦心经营扔出了蓄谋已久的一颗炸弹企图以最大的杀伤力证明自己的存在，结果到头来躺倒在血泊中呻吟不止的却仅仅只有自己。披肝沥胆用血气方刚的希望和万紫千红的幻想精心构筑的那一座金碧辉煌的宫殿，最后却不得不由自己含泪用颤抖的手打个粉碎。

　　这一段人生叫青春。

　　青春的灵魂欲飞。诗正是这种欲飞的灵魂在向上攀缘时扬起的一粒粒灰尘或在幼翅风时飘落的一片片羽毛。然而总有一些东西你是无法企及的，你只能不断地走近。"条条大路通罗马"仅仅是一个自欺欺人的童话，你只能不断地选择和忍受选择之后的风雨和雷电。

　　这一段人生叫青春。

　　于是，我无话可说。当我孤寂的青春在切入肌肤的无可奈何中滑入彷徨、苦闷以至忧郁的暗夜时，诗照亮我，抚慰我，如太阳。有一个喷嚏就打一个喷嚏，有半个喷嚏就打半个喷嚏。青春拒绝作假，

　　我的诗拒绝作假。我在想，有朝一日我们回首这半个喷嚏（潇洒与否我不知道），会不会自嘲地朗声大笑。或许我们会解释说：

　　这一段人生叫青春。